dtv

In einer Sommernacht wird an einem korsischen Strand eine weibliche Leiche gefunden. Wer ist die Tote? Und wie kam sie ums Leben? Tag für Tag schreitet diese abenteuerliche Geschichte rückwärts in die Vergangenheit und ins Innere der Insel, und man begegnet dabei einer bunten Fülle an Personen, die alle mit der schönen Toten zu tun gehabt haben. Wie Jules, der Angler, der die nackte Unbekannte zwischen den Felsen findet. Oder Albert, der Fischer, mit seiner Sehnsucht nach der Heimat Algerien. Oder wie Paul und Julien, die beiden leichtsinnigen Amateurbankräuber, die im Kofferraum des gestohlenen Fluchtwagens einen grausigen Fund machen …
Spannend wie ein Thriller und melancholisch wie ein Chanson: »Michel hat mit ›Emilies letzte Reise‹ einen sinnlich berückenden, komischen und hintergründigen Text geschaffen, der in vieler Hinsicht an die Leichtfüßigkeit Raymond Queneaus erinnert. So einem Romancier folgt man gerne. Auch wenn sein Weg über Leichen geht.« (Niklas Bender in der ›Frankfurter Allgemeinen Zeitung‹)

Nicolas Michel, 1974 geboren, arbeitet als Redakteur, spezialisiert auf die Probleme der Dritten Welt. Sein erster Roman, ›Un revenant‹, wurde mit dem renommierten Prix Goncourt du Premier Roman ausgezeichnet. Außerdem auf deutsch erschienen: ›Die Blaue‹ (2006).

Nicolas Michel

Emilies letzte Reise

Roman

Aus dem Französischen
von Renate Nentwig

Klett-Cotta
Deutscher Taschenbuch Verlag

Ungekürzte Ausgabe
Juni 2006
Deutscher Taschenbuch Verlag GmbH & Co. KG,
München
www.dtv.de

Titel der französischen Originalausgabe:
›Le dernier voyage d'Émilie‹

Umschlagkonzept: Balk & Brumshagen
Umschlaggestaltung: Stephanie Weischer unter Verwendung einer
Fotografie von gettyimages/David De Lossy
Satz: Dörlemann Satz, Lemförde
Gesetzt aus der Bembo und Courier
Druck und Bindung: Druckerei C. H. Beck, Nördlingen
Gedruckt auf säurefreiem, chlorfrei gebleichtem Papier
Printed in Germany
ISBN-13: 978-3-423-20895-6
ISBN-10: 3-423-20895-3

Für meinen Vater

Für O_2

Jedenfalls öffnete sich hinter ihr der Rachen eines gefräßigen Ungeheuers mit langen Zähnen, das in Wahrheit ein Zirkuseingang war. Diesem aufgerissenen Maul entflogen Fledermäuse und Teufel, arme Seelen, Sukkuben und Inkuben: der ganze Karneval eines bösen Traums, eines Alpdrucks, der aus der Ermordung einer eleganten, schwarzgekleideten Dame durch eine zweite, die deren Doppelgängerin sein konnte, eine Fastnacht der Krankheit, des Todes, des Gelächters, des Spiels, der Botschaften machte und alles miteinander vermengte …

Carlos Fuentes, Diana oder Die einsame Jägerin

Die Makrelen

Der Makrelenschwarm schwimmt an der Oberfläche, zwei Seemeilen von der Küste, im Golf von Murtoli. Es ist ein korsischer Sommer wie jeder andere auch, mit Bränden oder Explosionen hie und da. Die Macchia schwirrt von Zikaden, die Eidechsen wärmen sich in der Sonne, unter den bonsaiartig verwachsenen Zypressen geben die Touristen sich der Hitze hin. Die schwarzen Felsen verbrennen die Fußsohlen: es ist Mittagszeit.

Die Makrelen wurden erst von den Möwen, dann von einem Dutzend heißhungriger Echter Bonitos angegriffen. Das Wasser riecht noch nach dem Tod verwandter Lebewesen: dahinschwebende Schuppen und Eingeweide, dünne Blutfäden … Sie haben Hunger.

Montag, fünfzehn Uhr achtundfünfzig, Golf von Murtoli

Die Leiche treibt in einiger Tiefe im Wasser. Die Gase sind nach und nach über alle Körperöffnungen entwichen, nun beginnt der Körper zu sinken. Die langen schwarzen Haare, noch unversehrt, erinnern an Gorgonenarme. Die fahle

Haut wird fast durchsichtig und nimmt die verschiedenen Blautöne auf. In dieser Tiefe wirkt im Grunde alles blaugrau, auch wenn das Licht noch durchdringt und hie oder da einzelne hellere Flecke hinwirft.

Das Gesicht ist dem Meeresgrund zugewandt. Sie schwimmt mit dem Rücken zur Oberfläche, die Beine leicht gespreizt. Die schwereren Hände scheinen auf etwas weiter unten zu deuten, aber nicht sehr bestimmt.

Violette Male rund um den Hals und vielerlei Verletzungen, die ihr von Garnelen und Krebsen an den zartesten Stellen zugefügt wurden, an den Brüsten, den Wangen.

Und doch sieht es trotz alledem so aus, als ob sie lächelt.

Langsam sinkt sie auf das Sandbett, das schon gemacht ist für sie. Luxusräuber - Langusten, Hummer - erwarten sie schon, um sie von dem lästigen Fleisch zu befreien, das noch an ihren Knochen hängt; andere, kleinere Räuber warten auf die Knochen, um drin zu nisten, um in ihrem Schutz zu leben, zu laichen, sich fortzupflanzen.

Sie scheint es entsagend geschehen zu lassen. Sie kämpft nicht mehr, sie überläßt sich der Strömung, die sie von einem zum anderen Ort schiebt, wie der Zufall es will oder die Sterne oder der Wind oder der Mond.

Sie lächelt, ihr Lächeln ist noch feiner als dasjenige, das sie zu Lebzeiten trug.

Ihr Tod war ein aufregendes Abenteuer, eine letzte Clownerie, und sie ist stolz darauf. Nicht viele Leute können sich eines solchen Todes rühmen. Sie hatte die Zeit, mit den Menschen, die ihr auf diesem Weg unterkamen, ihre Späße zu treiben. Sie hat es ausgekostet bis zum letzten Augenblick vor ihrer Verwesung.

Sie hätte es sich sehr verübelt, wenn sie ab dem Zeitpunkt ihres Todes einfach nur aufgehört hätte, zu sein. Das entsprach nicht ihrer Auffassung vom Leben. Hätte sie darauf verzichtet, ihren Tod zu einem Seiltanz zu machen, wäre das Verrat an ihren sechsundzwanzig irdischen Jahren gewesen.

Um sie zu einem solchen Verzicht zu bringen, hätte man sie mehr als töten, hätte man ihren Körper einer sofortigen Vernichtung zuführen müssen, durch Einäscherung etwa oder Eintauchen in ungelöschten Kalk.

Nichts dergleichen war ihr widerfahren, dank Léo, und sie konnte ihren Tod leben, wie sie ihr Leben geführt hat.

Der Makrelenschwarm schwimmt jetzt etwas tiefer.

Hier wimmelt es von Quallen. Ihre Nesselfäden halten ihre Feinde ab, die durch diese gallertige Masse nicht hindurchschwimmen können. Die Makrelen meiden sie mühelos, obwohl ihnen schon eine Sekunde der Unaufmerksamkeit zum Verhängnis werden kann.

Hier, diese weiße Gestalt, mit schwarzen Algen bekränzt, verströmt einen vielversprechenden Duft nach Muscheln, Krustentieren und Seeigeln. Die Makrelen nähern sich vorsichtig, mit geschärften Sinnen.

Sie bewegt sich nicht, jedenfalls nicht aus eigenem Antrieb. In dieser Leblosigkeit, die sie langsam immer tiefer zieht, erkennen die Makrelen ihre vollständige Harmlosigkeit. Die Garnelen, die in Trauben an ihren Achselhöhlen, an ihrem Geschlecht hängen, sind ein zusätzlicher Leckerbissen. Sie eröffnen ihr Mahl also mit diesen Tierchen. Dann werden sie allmählich kühner. Die Erregung hat ihren Appetit noch geschärft, und mit derlei Häppchen wollen sie sich nun nicht mehr zufriedengeben.

Sie biegt sich jetzt mit den Windungen des Wassers, wogt mit den Wellen und Strömungen. Ihre Hautfarbe wandelt sich je nach Augenblick von Weiß über jedes mögliche Blau zu Violett. Und immer noch atmet ihr Haar mit dem Meer wie die Nesselfäden der Medusen, augenscheinlich unschuldig, augenscheinlich glatt wie Seide.

Die Makrelen knabbern zunächst bereits geschwächte Stellen im Fleisch an, von denen sich bereits kleine weiße Stücke lösen. Die Gestalt reagiert nicht, die schwarzen Algen winden sich weiter im Rhythmus des Meeres. Da halten sie sich nicht länger zurück, beißen große Brocken heraus und entfernen sich kaum, um sie zu kauen und zu schlucken.

Der Körper sinkt immer tiefer. Die Makrelen folgen ihm nicht; sie möchten die Zangen der Krebse vermeiden, die Zähne der Muränen, die Saugnäpfe der Kraken und andere Fallen mehr, die listige Seeungeheuer ihnen weiter unten stellen. Sie schwimmen einige Meter Richtung Oberfläche, sehr vorsichtig. Sie wissen, bei einem neuerlichen Möwenangriff könnten sie nicht schnell genug fliehen.

Ach! Ein großer schwarzer Schatten kommt über sie …

Sie entgehen der Falle nicht. Das Netz zieht sich über dem Schwarm zusammen. Und sie sitzen kopfüber oder schwanzüber fest, und ringsum wimmelt es von Schuppen und Flossen. Eine solche Promiskuität wird rasch entsetzlich unangenehm. Ohne Unterschied kleben sie an Brandbrassen und Bonitos, Seriolafischen und Grünknochen. Die Frage lautet nicht mehr: Wer frißt wen. Kein Ausweg in Sicht.

Die Fischleiber sind so dicht gedrängt, daß sie sich nicht mehr bewegen können. Die Flossen der einen bohren sich in die Bäuche der anderen, manche stecken in einem weiten Maul, das gar keine Anstalten macht, sie zu verschlukken …

Das Seil spannt sich, die Winde setzt sich in Bewegung, und das Netz, zu einem silbrig blitzenden riesigen Ranzen geschnürt, wird auf die Schiffsbrücke gezogen.

Die Makrelen haben sich den Bauch vollgeschlagen: ihre letzte Mahlzeit bestand aus einer Frau.

Einige sterben auf der Brücke, während Hände in gelben Handschuhen mit dem Sortieren beschäftigt sind. Andere kommen in lange Plastikschachteln, in denen man sie ihrer Gattung nach zusammenwirft. Die letzte Makrele, die wehrhafteste, macht mit der erprobten Schneide einer kleinen Hand aus der Konservenfabrik von Ajaccio Bekanntschaft, die ihr vom After zu den Kiemen den Bauch aufschlitzt und die Eingeweide herausräumt. Die meisten von ihnen sind tot, noch bevor sie den Hafen der großen Stadt erreicht haben.

Sie werden ausgenommen, abgeschuppt, in Reih und Glied in geeiste Schachteln gestopft, per Flugzeug nach Marseille verfrachtet und dort schließlich auf allerlei Weise verarbeitet. Unter Beimischung verschiedener Gewürze werden sie in unterschiedliche Aromastoffe eingelegt. Senfsauce für die einen, Essig und Zwiebeln für die anderen, Tomatenmark oder Olivenöl für die kleineren Exemplare. Scharfe Klingen haben ihnen Schwanz, Kopf und Flossen abgetrennt. Wenn sie dann in der ihnen zugedachten Sauce schwimmen, zwängt man sie in Konservendosen, die zu Fünf-Kilo-Kartons verpackt werden, welche man ihrerseits in wasserdichten Behältern aufeinanderstapelt.

Und wieder per Flugzeug geht es nach Japan.

Unmittelbar nach ihrer Ankunft werden die Dosen vom Zoll sorgfältig kontrolliert und etikettiert und gehen dann den üblichen Gang durch das große japanische Verteilernetz. Früher oder später werden diese Dosen in Supermärkten, Geschäften oder Tankstellenläden gekauft, dann geöffnet und leergegessen. Die Makrelen werden zerkaut, geschluckt, verdaut.

Vielleicht lacht sie auf ihrem sandigen Totenbett noch

vor sich hin bei der Vorstellung, nun gewissermaßen in einem unbekannten Land angekommen zu sein, im Magen von Menschen, die sie nicht kennt, und die sich wie zu ihren Lebzeiten lieben oder zanken, die schreien oder weinen oder tanzen, sich aufmerksam ihrem Leben widmen und versuchen, nicht zu sterben.

Morgen einer Liebe

**Montag, vier Uhr vierzig früh,
Strand von Erbaju**

Seit er vor etwa einer Stunde mit dem Wasser in Berührung kam, hat der Körper eine erstaunliche Strecke zurückgelegt. Er war in der Bucht von Porticcio von einer Pontonbrücke geworfen worden, ohne daß man sich die Mühe gemacht hätte, ihn mit einem Stein zu beschweren, und so hat die Strömung ihn bis hierher an den weiten Strand von Erbaju getragen, wo er soeben unter dem fragenden Blick des Löwen von Roccapina auflief. Die Fahrrinne zwischen Korsika und Sardinien ist bekannt für ihre heftigen und heimtückischen Strömungen, die jahrelang ein Schiff ums andere auf die Riffe der Inseln Lavezzi oder die Felsen der Mönchsinseln geschleudert haben. Die Mündungen von Bonifacio zählen zu den gefährlichsten im gesamten Mittelmeerraum. Für die Strecke zwischen Porticcio und Erbaju weniger als einen halben Tag zu brauchen und dabei nicht zwischen zwei Felsen steckenzubleiben oder im Maul eines Haies zu landen, sich nicht mit den Fingern in den Maschen eines Fischernetzes zu verfangen, nicht gegen den Rumpf einer Segelyacht zu prallen und all das ohne Zuhilfenahme der Arme und Beine, grenzt jedoch wahrlich an ein Wunder. Aber genauso ist es geschehen: Emilies Körper ist tatsächlich bis an diesen hellen Sandstrand gedriftet und liegt nun im Uferschaum, von leisen, kaum merklichen Wellen gewiegt, in der Farbe des dämmernden Tages, die linke Hand eingeklemmt zwischen zwei gleichen Felsen, die rechte Hand noch versehen mit einem dünnen, vom Salz geschwärzten Silberarmband, das Gesicht dem Himmel zugewandt, die Nase sehr keck, die Augen halb offen, halb zu, wie sie es immer waren, wenn sie nach der Liebe einschlief, und sie empfindet weder Ekel noch Angst vor den Krebsen und Krabben, die es wagen, sich zu nähern, zumal sie sich überhaupt nicht bewegt.

Emilie, so lautet der Name, den man in eine Plakette eingraviert auf dem Gliederarmband lesen kann - das ist alles, was von ihrer Identität übrigblieb, seit Wasser und Salz ihr Sommerkleid vollends zersetzt haben. Ein Höschen hat sie nicht getragen.

Der dämmernde Tag wird heller an ihren Schultern. Sie denkt, es sei niemand am Strand, und fragt sich, ob irgendwann wohl eine stärkere Welle kommen und sie mitnehmen wird, damit sie ihre Reise zur Meeressenke fortsetzen kann.

Fünf Uhr früh, Jules steht schon am Uferrand, die Füße im Sand. In seinem Mundwinkel verraucht eine Zigarette. Er atmet die Morgenluft, die wie gewohnt eine Note nach blauen Disteln und Myrte verströmt. Wie lange er dieses immer gleiche Ritual schon vollzieht, weiß er selbst nicht so genau, er zählt nicht die Tage, er kommt einfach jeden Morgen hierher. In den Zelten schläft die kleine Sippe noch und wird erst gegen acht mit den ersten Sonnenstrahlen aufwachen. Er wird dann bereits einen Großteil seines Tages hinter sich haben, zu seiner Matte unter dem Eukalyptusbaum gehen und etwa zwei Stunden lesen. Vielleicht wird er die Ausrufe seiner Brüder hören, wenn sie unter dem feuchten Tuch, geschützt vor den Wespen und Ameisen, die Goldbrassen und Geißbrassen entdecken, die dort auf der Seite liegen.

Er steht tatsächlich bei den ersten Anzeichen der Dämmerung auf, um die Angelleinen einzuholen, die er am Vorabend ganz am Ende des Strandes, dort bei den Granitblöcken, ausgelegt hat.

Ein jeder Tag ist so wie der andere, vom ersten Juli bis zum einunddreißigsten August. Jeden Morgen ist da aber von neuem die Spannung. Was für ein Fisch hat angebissen, von welcher Größe, welcher Art? Welche Köder sind von den Krabben und Langusten zerknabbert worden? Welche Leine von allzu scharfen Zähnen durchgebissen?

Die Köder. Sie sind es, die den Erfolg seiner Würfe ausmachen, das Glück auf seine Angelhaken lenken. Dabei – welch abgrundtiefen Ekel empfindet seine Umgebung, wenn er sie vorbereitet! Im übrigen nimmt seit einem Monat schon niemand mehr teil an dem täglichen Gemetzel, in dessen Verlauf er gut zwei Dutzend Seegurken aufschlitzt und ihnen ihre durchsichtige Haut abzieht, um sie über die Haken zu spannen. Bei dieser Operation spritzen die Eingeweide nur so durch die Luft, fleischbehaftete, länglich-fädige Fetzen, die wie verschiedenfarbige Spaghetti aussehen.

In seiner Träumerei befangen, ein wenig abwesend, bemerkt Jules nicht, daß seine Zigarette verqualmt ist. Die Asche fällt ihm auf den nackten Schenkel genau in dem Augenblick, in dem eine stärkere Welle seine Füße umspült und einige Meter entfernt Emilies leblosen Körper verrückt.

Es wäre an der Zeit, die Angeln einzuholen, aber man kann ja nie wissen, vielleicht beißt gerade jetzt eine besonders schöne, eine besonders große Goldbrasse, eine »Goldbrasse Royale« an, spürt, zu spät, die Spitze des Hakens … Jules verscharrt den Zigarettenstummel im Sand und richtet sich wieder auf. Inzwischen ist es heller geworden, und er spürt sofort, daß etwas nicht stimmt, als befände sich eine überzählige Person an diesem leeren Schauplatz, als klänge das Echo eines lang vorher entstandenen Tons nach. Er dreht sich zu den Tamarisken, wo vielleicht ein Schatten aus einem Zelt getreten ist, wo vielleicht jemand ihn ausspäht. Er fürchtet jedoch nichts, er hat sich heute nicht befriedigt, wie er es sonst jeden Morgen tut, bevor er sich eine Zigarette ansteckt, die Beine gespreizt, die Haare im Sand.

Er verjagt die Gespenster mit einer Kopfbewegung, doch da bleibt sein Kinn in Richtung der beiden Felsen stehen, die Emilies Hand gefangenhalten.

Er sieht die Hand ganz deutlich und erfaßt doch nicht sofort, was er sieht. Er nähert sich, und in dem Maße, wie seine Schritte ihn an die Leiche führen, ersetzen Worte die Bilder in seinem Hirn.

Er kniet neben ihr nieder und betrachtet sie. Sie sieht aus, als ob sie ruht. Zwischen Daumen und Zeigefinger ergreift er einen Krebs, der sich in eine der Brustwarzen verbissen hat, und schleudert ihn in hohem Bogen hinaus aufs Meer.

Mit den Fingerspitzen streicht er ihr die Haare zurück, die ein Netz aus gekreuzten Linien auf ihrer Stirn gezeichnet haben. Sie biegt sich mit den Wellen; der Tod hat ihre Gelenke nicht steif gemacht, und ihre Muskeln haben sich entspannt, um den Einfluß des Mondes geschehen zu lassen.

Er bemerkt das Gliederkettchen, streckt den Arm aus und nimmt es mit sicherer Hand ab. Er liest weder den Vornoch den Nachnamen. Er überlegt, ob er es dem Krebs hinterherwerfen soll, entscheidet sich dann aber für eine Felsspalte, wo niemand es je finden wird.

Er folgt der Kurve des Körpers, verweilt in den schattigen Zonen der kurzen Härchen, bleibt einen Moment an den Augen hängen, entschließt sich dann, die Hand zu befreien. Eine Sekunde lang hält er das aufgeschürfte Handgelenk fest, bevor er es losläßt. Als hätte sie nur darauf gewartet, schnellt Emilie davon, verschwindet in den gekräuselten Wellen. Wie eine Sirene.

Nichts mehr zeugt davon, daß der Körper hier war. Er zündet sich eine zweite Zigarette an, was er gewöhnlich erst nach dem Einholen der Angelleinen tut. Er denkt nicht mehr ans Fischen, er schwimmt in Gedanken mit Emilie, die mühelos auf den Golf von Murtoli zutreibt; er weiß ihren Namen nicht, aber er schwimmt mit ihr durch die Strömung, Rochen, deren Flügel sein Gesicht streifen, begleiten ihn, und Schwärme von Meerjunkern ziehen ihn durch Gorgonenriffe, weit, sehr weit von der Küste.

Schon bald jedoch kann er nicht mehr folgen und läßt sie ziehen. Er bekommt keine Luft, er muß auftauchen, Sauerstoff tanken.

Er atmet wieder die Luft, den Zigarettenrauch, den Geruch der Tamarisken und Eukalyptusbäume, den der Morgenwind über den Strand weht.

Ein Duft, den er kennt, ohne ihn benennen zu können, dringt ihm in die Nase, und im gleichen Augenblick vergißt er Emilie; vielmehr: er glaubt den Traum wegzuwischen, den er heute früh hatte, den Traum von einem Frauenkörper, der wie eine Anomalie zwischen Seeigeln und Felsen dalag. Er wendet den Blick vom Abgrund, der sie verschlang, und bemerkt auf dem Dünenkamm Karin, die beim Gehen den Rock hebt, bedacht, nicht auf eine Distel zu treten, und dann, als sie eine Stelle ohne Dornen gefunden hat, den Rock ganz hinaufzieht und sich hinhockt und in den Sand uriniert. Der Wind trägt das süße Geräusch bis zu ihm; er kennt Karin nicht, er hat sie lediglich des öfteren bemerkt, wenn sie Muscheln sammelte am Strand. Er sieht den hellen, dichten Strahl, das dunkle Büschel und auch ihren geneigten Kopf, ihre vorgestreckten Arme in den Stofffalten. Er wendet den Blick in dem Moment, in dem sie wieder aufsteht: er will sie nicht in Verlegenheit bringen.

Zu lange darf er aber auch wieder nicht wegsehen, sonst macht sie sich noch davon. Er dreht sich um, als er spürt, daß sie auf der Düne steht, die Augen auf ihn gerichtet oder zumindest auf den Strand, auf die Schaumzunge, die den Sand leckt.

Doch es ist wahr, ihre Augen sind auf ihn gerichtet und nicht auf den Horizont und erst recht nicht auf die immergleichen ausgefransten Wellen, sondern sehr wohl auf sein Gesicht, seinen Körper, der dasteht am Ende der Mole wie ein Hafenlicht, mit Wangen, beinah so rot wie die kleine Fahne, mit hängenden Armen, fröstelnder Haut und Sand in den Haaren.

Sie sieht ihn aber nicht zum ersten Mal; wie oft ist sie an ihm vorbeigegangen unter dem Vorwand, Muscheln zu suchen!

Sie hat ihn beobachtet, sie hat versucht, seinen träumenden Blick auf sich zu lenken, sie hat verstohlen seine Hände betrachtet und sich dabei gewisse Dinge vorgestellt.

Sie hat sich berührt und sich dabei seine Männerhände vorgestellt, wie sie um ihre Brüste streichen, ihre Schultern nehmen, ihre Hüften, ihren Hintern, wie sie zart wirbelnd tanzen auf ihrem Geschlecht. Und sie hat sich fast nackt vor ihn hingehockt, auf die Gefahr, sich das Gesäß zu zerstechen: sie hätte auch anderswo pinkeln können, hinter den Zypressen, sie ist aber auf die Düne gestiegen, immer wieder, und nicht einmal hat er sie bemerkt, weil er nur an seine Fische und an seine Angelleinen dachte, er war völlig verblendet; doch sie hat ihn sehr wohl gesehen, wenn er sich ausstreckte im Sand fast jeden Morgen seit vierzehn Tagen, wenn er seinen Slip mit der linken Hand hinunterstreifte und sich befriedigte in der graugrünen Dämmerung, und nie sonst war sie so heftig gekommen, wie wenn sie ihm zusah, während er den Morgen liebte. Und doch will sie ihn in sich spüren, und sie weiß, heute morgen hat er sie bemerkt, sie nackt gesehen, und er ist wirklich naiv, wenn er meint, mit vorgeneigtem Kopf könne man nicht durch das Dickicht der Haare hindurch jemanden ausspähen.

Karin hat Emilie nicht mehr gesehen, denn diese Gauklerin hat sich natürlich rechtzeitig davongemacht.

Einen Augenblick sehen sie einander an und rühren sich nicht. In seinem Kopf taucht wieder das Bild von ihrem entblößten Hintern auf, gefährlich nah an den Disteln, und er sagt sich dümmlich, er hätte besser doch den Morgen lieben sollen. Jetzt kann er sein Begehren schlecht verbergen.

Plötzlich rennt er los, erst noch ungeschickt, weil ihm der Sand an den Füßen klebt, dann immer behender und schließlich so schnell, daß er nicht einmal die Stacheln der Disteln spürt, die er später dann, am Abend, einzeln mit einer Pinzette herausziehen muß (vielmehr: die sie später, am Abend dann, einzeln mit einer Pinzette herausholen und zum besseren Gelingen der Operation mit Speichel desinfizieren wird).

So durchquert er die Meter, die ihn von ihr trennen, Männlichkeit voran, wirrer Blick, weicher Mund, Hände wie Espenlaub. Sie versucht nicht, sich im Sand zu verstekken, sie empfängt ihn mit offenen Armen. So viel hätte sie vielleicht nicht erwartet von diesem Augustmorgen, doch sie ist da und empfängt ihn, damit er sie packen und sie sich über die Schulter werfen kann.

Er läuft noch immer, jetzt längs des Weges, der sich hinter der Düne dahinschlängelt. Einen Arm hat er um ihre Taille gelegt. Sie ist in der Luft, die Beine baumeln gegen seinen Oberkörper, die eine Schulter bohrt sich tief in seinen Bauch, das T-Shirt hat sich wie eine Ziehharmonika um ihren Hals geschoben, und das Gesicht liegt an seinem Kreuz. Sie lacht, fragt sich nicht, wie weit er wohl so mit ihr laufen wird, denn sie ahnt schon, daß ihm bereits genau der Ort vorschwebt, den sie so liebt, ein Ort, den schon viele vor ihm und vor ihr geliebt haben, ein schattiges Fleckchen im weichen Sand unter einem Eukalyptusbaum, hinter den Dünen versteckt, vor den Blicken geschützt – das heißt, vielleicht, man kann ja nie wissen, es gibt überall auf der Welt Neugierige, die sich mit Feldstechern rüsten, um ihrem Interesse nachzugehen, dem Interesse an jungen Körpern, die sich einander entgegenrecken mit der Spannkraft ihrer jungen Jahre.

Er gerät außer Atem, läuft dennoch weiter. Sie läßt ihre Hände über seinen Hintern gleiten, beiläufig, als würde sie im Laufen nicht auf ihre Bewegungen achten.

Er soll nicht alles entscheiden, sagt sie sich dann, und ihre Hände werden bestimmender, fordernder.

Dann endlich der weiche Sand und der Duft des Eukalyptusbaums. Er legt sie unsacht nieder. Als ihre Augen auf seine treffen, macht sie ein unschuldiges Gesicht wie eine, die eben erst die Welt entdeckt, aber gleich darauf verrät sie sich, indem sie die Hand nach seinem Geschlecht ausstreckt. Im Schwung der Bewegung beugt er sich ihren Lippen entgegen, verfehlt sie beim ersten Mal und benetzt ihre Nase, fängt sich, leckt mit gieriger Zunge ihr linkes Lid, findet dann doch in ihren Mund, der sich frisch anfühlt wie eine Mandel. Sie sind beide fast gleich blaß. In einem stillen Pakt vereinigen sie ihre Schattenzonen. Die von Karin ist schwarz wie Ruß und sehr weich. Die von Jules ist etwas struppiger und weit heller. Aber das spielt keine Rolle, sie finden gleich zueinander und tönen nach wenigen Sekunden schon im Einklang. Sandkörner geraten dazwischen, führen zu leichten Verletzungen, die ihr Glück aber noch steigern.

Ringsum sind die Zikaden verstummt, und nur schwach hört man das Meer, das vorhin auf der anderen Seite Emilie verschlang.

Er betrachtet ihre Brüste, die sich unter ihm bewegen, widersteht, gibt dann der Versuchung nach, in die Spitzen zu beißen. Sie sieht ihm zu und stellt sich vor, der Szene nur beizuwohnen anstatt selbst zu handeln, dann sucht die eine Hand seinen unruhigen Hintern, während die andere seinen Nacken packt und ihn zu einem ordentlichen Kuß zwingt. Sandstaub überzieht beide mit einem goldenen Panzer, und plötzlich, ohne Vorankündigung, sitzt sie auf ihm, ihre Haare hängen zum Nabel, sie zerschmilzt fast im

Brennpunkt ihrer Begegnung, und nun kann er seine Hände frei bewegen, überallhin.

Sie redet mit fremder Zunge, er versucht nicht zu enträtseln, denn die unbekannten Zeichen bilden sich bereits ab auf der Haut, in Form von Lutschflecken und Bißspuren. Sie hebt sich langsam ein Stück empor, hält genau in dem Moment ein, in dem er entwischen könnte, und holt ihn zurück, der ganzen Länge nach. Eine lange Schlange mit blauen Schuppen schlängelt sich im Zickzack durch die Wirbelsäule und beißt im Nacken zu. Das Gift strömt in die Lenden, er fleht um das Gegenmittel, aber diese Natter weiß, daß er ausgeliefert ist, und denkt nicht daran, loszulassen. Es beginnt, Eukalyptusblätter zu regnen. Zwischen den Körpern knirscht der Sand: Quarzklümpchen, Glimmersplitter. Sie greift ohne Bedenken zum äußersten, um an ihr Ziel zu gelangen. Ohne jede Vorsicht reitet sie wie auf Wellen, und er kann nichts anderes tun als die Augen noch weiter aufzureißen, die Hände ihren Brüsten entgegenzuringen, die Lippen auszustrecken nach ihr.

Dann läßt sie sich gehen, umklammert ihn, gibt ihn frei, bohrt ihre Finger in jede Öffnung, die sie findet, bis der Geschmack nach Meerwasser im Munde zusammenläuft, bis sie spürt, daß er beinah entwurzelt wird.

Sie schlafen unter dem Eukalyptusbaum ein. Ihre Haare vereinen sich.

Unter Wasser werden die gefangenen toten Fische von den Krebsen gefressen.

Sie werden zusammenbleiben. Wollten sie auch weglaufen voreinander, scheinheilige Ausreden anführen von zu großer Entfernung, zu großen Unterschieden, so müßten sie doch zusammenbleiben, denn unter der Augustsonne, deren Strahlen gerade aufblitzen, im Schutze der Macchia, stellt nichts sich der quirligen Geißel der Samenzelle entgegen, die, ohne es je gelernt zu haben, ganz von allein ihren Weg zur Eizelle findet.

Heimkehr

Nach Ansicht der meisten seiner Freunde ist Albert verrückt. Seine Verrücktheit ist nicht sehr störend, sie führt nie zu Dramen oder Streitereien, sie ist einfach nur da, und wie es scheint, wird nichts sie zum Verschwinden bringen. Beispielsweise steht Albert oft stundenlang am Ende der Mole, blickt auf das Wasser zu seinen Füßen und murmelt unverständliche Worte in seinen Bart.

Albert ist ein Matrose, der nie auf den Horizont blickt. Weder auf seinem Schiff noch auf der Mole erlaubt er seinen Augen je, in die Ferne zu schweifen. Dies wäre weiter nicht erstaunlich für einen Controller oder einen Fachmann für Mikroelektronik, für einen Seemann aber ist es nicht nur ungewöhnlich, sondern nachgerade äußerst gefährlich. Übrigens muß Albert jedesmal, wenn er einen neuen Mann anheuern will, die Mähr entkräften, der zufolge er unfähig sei, sein Schiff sicher in den Hafen zurückzusteuern. Unter denen, die ihn kennen, zweifelt jedoch niemand an seinen Fähigkeiten.

Er verläßt sich auf die Farbe des Wassers, den Geruch des Windes und all die elektronischen Apparaturen, die sein volles Vertrauen genießen.

Das ist aber noch nicht alles. Albert besitzt auch eine Flasche, die früher einmal Hochprozentiges enthielt und jetzt mit weißem Sand gefüllt ist. Zu jeder möglichen Tageszeit – wenn die Netze eingeholt oder die gefangenen Fische entladen werden, wenn sich der Fernsehschirm nach einem Film verdunkelt oder der Schlaf ihn träge und schwer macht – kann es geschehen, daß er diese Flasche aus seiner Tasche hervorholt, den Drehverschluß öffnet und den schlanken Hals an seine Nase führt. Dann schließt er die Augen, holt tief Luft und verharrt etliche Sekunden lang reglos, die Augen auf den Horizont gerichtet, jedoch mit geschlossenen Lidern.

Niemand würde in solchen Momenten wagen, das Wort an ihn zu richten oder auch nur die Stimme zu erheben. Man braucht sich den Zorn in diesem Körper, der an die zwei Meter hoch sein dürfte, bloß vorzustellen, um sich augenblicklich eines besseren zu besinnen und zu warten, bis er freundlicherweise aufhört mit seinem Zirkus. Die wenigen Menschen, die um das Geheimnis dieses Sandes wissen und sich daher denken können, warum er nie auf den Horizont blickt, haben es nie verraten und reagieren auf diesbezügliche Fragen abweisend. Sie fürchten seine Augenblicke der Abwesenheit deswegen aber um nichts weniger.

Alberts Verrücktheit, wenn man von einer solchen sprechen kann, tritt noch in anderer, mehr oder weniger auffälliger Weise zutage, je nachdem, ob man ihn gut oder nur flüchtig kennt. Seine Frau zum Beispiel stört am meisten seine Neigung zur Träumerei, die mit einer Art Realitätsverlust einhergeht, ihn beim Lesen oder beim Ansehen eines Dokumentarfilms überkommen kann, und aus der er stundenlang nicht zurückfindet. In solchen Momenten ist eine Geste der Zärtlichkeit so sinnlos wie jeder Zornesausbruch; höchstens würde man damit ein krächzendes Knurren bei ihm erreichen, sonst nichts.

Für Feingeister bestätigt sich die vermutete Verrücktheit noch durch andere Anzeichen – Kleinigkeiten zwar, die ganz normale Menschen jedoch zwangsläufig schokkieren müssen. Zum Beispiel würden die Benzinreserven, die Albert ständig an Bord führt, für eine Überquerung des ganzen Mittelmeers reichen, auch wenn nur rasch zwei Taulängen von der Küste entfernt Netze einzuholen sind. Oder: In seiner Kapitänskajüte türmen sich die Seekarten, obwohl er, wie alle sagen, jedes Inselchen der Küste kennt, ohne auch nur den Blick heben zu müssen. Und woher die Talismane stammen, die an den Luken und den vorsintflutlichen Meßgeräten hängen, weiß kein Mensch.

Ganz zu schweigen von den Geschichten und Gerüchten, die man sich über Alberts Vergangenheit erzählt. Es heißt, er habe eine Zeitlang an der Ostküste von Korsika gewohnt und eines schönen Tages auf offener See seine versammelte Mannschaft gezwungen, ins Rettungsboot zu steigen und sich an Land zu bringen; dabei habe er immer wieder gebrüllt, seine Stunde sei gekommen.

Niemand hat je herauszufinden gewagt, was an dieser langlebigen Legende wahr sei. Albert ist nämlich kein Korse. Seine Eltern waren Korsen, seine Großeltern waren es, die vier Gräber, die auf dem Friedhof von Porticcio nebeneinander liegen, beweisen es; er aber, das spürt man, ist kein richtiger Korse. Gewiß, er spricht die korsische Sprache, er kennt die Insel bis auf den kleinsten Stein, aber irgend etwas fehlt ihm, eine Horizontlinie wahrscheinlich, die durch seine Augäpfel ginge.

Heute morgen, noch vor Sonnenaufgang, hat Albert sorgfältig die Angelruten und Bleihaken vorbereitet, die man für diese außergewöhnliche Fangfahrt Ende August benötigt. Die Kalmare wurden angekündigt, da gilt es, keine Zeit zu verlieren, so häufig bietet sich diese Gelegenheit nicht. Er muß in aller Eile das Material zurechtlegen, das er höchstens ein- oder zweimal im Jahr verwendet. Die Bleie also, Farbköder, mit zahlreichen Haken bestückt, die Angelruten, die Rollen mit reißfester Schnur, die Lampe und den Generator; die beiden letzteren, streng verboten übrigens, sollen die Tintenfische an die Oberfläche locken.

Alberts Bewegungen sind allesamt maßvoll und ruhig, und wäre da nicht das Fläschchen voll Sand, das er in seiner Tasche trägt, würde kein Mensch eine geistige Störung vermuten. Er schlichtet die Kunstköder, die Spulen für die Angelschnüre, die Zwergfalken und Öl zum Schmieren der Rollen in Behälter, die er stets liebevoll sauberhält; er nimmt einen Schraubenzieher, zieht eine Schraube an, betrachtet sein Werk, steht einen Augenblick gedankenverloren da, setzt seinen Zirkus dann fort.

Erst müssen bei Einbruch der Nacht die Netze ausgeworfen werden, dann heißt es Stellung beziehen, entsprechend der in den Vorjahren georteten Plätze. Dann schließlich gilt es, auf die Nacht und auf die Kalmare zu warten, ohne der Küstenwache ins Visier zu geraten. Diesbezüglich macht sich Albert keine großen Sorgen, denn für diese ganz besondere, im allgemeinen höchst einträgliche Nacht hat er vier sehr erfahrene Fischer angeheuert, darunter den Hauptverantwortlichen der Küstenwache von Porticcio, der sich für den heutigen Tag rein zufällig frei genommen hat.

Das Boot liegt im Hafen bereit; es sieht nach einem Jahrzehnt guter und treuer Dienste immer noch stolz aus. Albert pflegt und hegt es auch auf das liebevollste, wie übrigens all seine Spielsachen.

Als er das Material durchgesehen, die Meßgeräte geprüft und die Karten zum x. Mal geordnet hat, steigt Albert auf sein Rad und fährt wieder zu seinem Haus über der Bucht. Alle wissen, was es mit der Zypressenhecke auf sich hat, die vor der Veranda gepflanzt ist – daß dieser Mann es liebt, sich den Horizont zu verstellen, ist ja allgemein bekannt.

Die Hecke ist auch einer der zahlreichen Zankäpfel zwischen Albert und seiner Frau Annie. Sie möchte das Meer sehen. Sie hatte das Grundstück geerbt und wollte sich durchaus den Luxus gönnen, beim Kaffeekochen die Schiffe zu betrachten. Da hatte sie ihren eigenbrötlerischen Mann aber gewaltig unterschätzt. Kaum hatten sie mit dem Hausbau begonnen, wollte er überall Bäume pflanzen; sie lehnte das rundweg ab und verhehlte ihm nicht ihre Absicht, auf den Horizont zu blicken jeden Morgen und jeden Abend und überhaupt, so oft Gott es gab. Albert griff darauf zu einer Langzeitstrategie: er betrat nie den Garten und mied auch die Räume mit Meerblick, namentlich die Veranda, das Eßzimmer und ganz besonders die Küche. Ihr Widerstand währte sechs Monate, dann war Annie höchstpersönlich die Zypressensprößlinge kaufen gegangen.

Seither hält Albert sich wieder an den Orten auf, die er

gemieden hatte, er kocht, nimmt die Mahlzeiten gemeinsam mit seiner Frau ein, kümmert sich um Pflanzen und Blumen auf der Veranda, ist gelegentlich sogar beim Rasenmähen im Garten anzutreffen …

Vor seinem Haus lehnt Albert das Fahrrad gegen den Pfosten der Gartentür und geht mit langsamen Schritten auf den Schatten des Wohnzimmers zu. Annie ist irgendwo zwischen Veranda und Küche zugange. Den ganzen Sommer über bleiben die Rolläden geschlossen, um die morgendliche Frische in den Räumen zu erhalten. Er greift nach einem Photoband, in dem Beduinen sich mit Kindern in den Gäßchen von Algier, Strände mit Minaretten abwechseln; er läßt sich tief ins Sofa sinken, seine großen, behaarten Hände liegen auf dem kartonierten Umschlag, und so bleibt er sitzen, bewegungslos, die Augen starr zur Decke gerichtet. Bisweilen blättert er auch in dem Buch, das er auswählt; heute morgen aber sitzt er nur da und läßt es geschehen, daß seine Hände die Hitze aufnehmen und mit dem farbenstrahlenden Umschlag verschmelzen.

Annie wirft im Vorübergehen einen Blick auf ihn und geht dann weiter ihren Beschäftigungen nach. In ihrer ersten Zeit hatte sie diese plötzlichen Anfälle von Träumerei nicht ertragen können, bei denen er sich unvermittelt für eine ganze Weile aus der Welt entfernte. Sie meinte, dieses Verhalten richte sich gegen sie, ihre Anwesenheit störe ihn und er wolle ihr auf diese Weise seine Unabhängigkeit bedeuten. Später war ihr dann klargeworden, daß ihr Mann in bestimmten Dingen für jeden normal veranlagten Menschen ein Rätsel war und bleiben mußte, so auch für sie, die Frau, die ihre Tage und Nächte mit ihm teilen sollte, bis das Schicksal sie einmal scheiden würde.

Es ist einer jener Augustnachmittage, die sich hinziehen wie geschmolzenes Blei mit glosenden Glutstücken. Albert läßt sich von der Schläfrigkeit und den Träumereien tragen, bis die Zypressen sich blau färben. Annie hat inzwischen allein gegessen und sich dann schlafen gelegt. Schon lange küssen sie sich nur noch während der Liebe auf den Mund, und sogar der Gutenachtkuß ist ferne Erinnerung.

Vom Verlöschen der Sonne erwacht er. Er wirft einen vorwurfsvollen Blick auf das Buch, weil es diese Bilder in sein Hirn hat strömen lassen, stellt es dann aber dennoch ganz behutsam zurück in die Lücke unter seinesgleichen. Er geht über die Garage, schlüpft in seine Stiefel und wirft sich die Öljacke über die Schulter, er wird sie nicht brauchen, obwohl, man kann ja nie wissen.

Er muß sich nur auf das Rad setzen und hinunterrollen lassen bis zum Hafen, er braucht kein einziges Mal in die Pedale zu treten.

Die vier Matrosen stehen schon da, bereit, in See zu stechen. Die Maschinen schnurren behaglich in einer Geruchsmischung aus Öl und fauligem Fisch. Er muß kein Wort sagen, jeder ist auf seinem Posten, einer bei den Tauen, ein anderer am Ruder, er nimmt sich gerade so viel Zeit, sein Rad abzusperren, und springt an Bord.

Ein Boot kommt soeben in den Hafen zurück, es ist der Alte. Eine Handbewegung, ein kurzer Blick zwischen die Füße, um zu sehen, ob er einen guten Fang gemacht hat, und die beiden Boote entfernen sich voneinander. Nichts ist anders als sonst in dieser noch jungen Nacht. Die Netze werden immer an denselben Stellen ausgeworfen, mehr oder weniger; wenn sich eine Abweichung von nur zwei Metern schon folgenschwer auf die Fangmenge auswirken kann, ist es nicht so einfach, jeden Handgriff genau zu bestimmen. Da verläßt man sich besser gleich auf das Glück und das alte Wissen.

Als sie die Netze dann ihrer schlaflosen Wacht überlassen haben, zeigt Albert, ohne den Blick vom Steuerbord zu heben, mit dem Finger auf einen Punkt weit draußen, in westlicher Richtung. Eine gewisse Betriebsamkeit macht sich breit auf der Brücke. Die Scheinwerfer müssen angebracht, die Bleihaken an den Leinen befestigt, das Eis und die Plastikbehälter vorbereitet werden. Keiner sagt ein Wort, jeder kennt Alberts Schweigen, jeder weiß auch, daß er die Kalmare riechen kann, daß er spürt, wann und wo sie an die Oberfläche kommen, um sich zu paaren.

Die Hand ist nach hinten gestreckt, die Nase schnuppert ins Wasser, die Augen suchen die fluoreszierende Flugasche ab, die durch die Wellen freigesetzt wird, und jetzt gibt Albert den Befehl, die Maschinen zu stoppen. Das Boot gleitet in die Stille, wird noch einige Meter weitergetragen von seinem eigenen Schwung, schaukelt dann im Rhythmus der Wellen.

Der Lichtstrahl fegt über die Wasserfläche, zögert, setzt sich dann auf das rote und goldene Brodeln. Sie sind da, eine klebrige Masse aus Fangarmen, die einander berühren, betasten, entdecken – eine Art Magma, undurchsichtig für jemanden, der über die Eigenheiten der Kopffüßer nicht

Bescheid weiß. Das Licht zieht sie an und macht sie ganz wild. Die vier Matrosen wissen, daß eine solche Gelegenheit sich kein zweites Mal bietet. Schon werfen sie ihre mit Ködern gespickten Leinen: auswerfen, sinken lassen, mit Unterbrechungen aufrollen, die Leine einholen, die jetzt viel schwerer ist vom Verteidigungskampf des Tiers, den Kalmar abnehmen, einen neuen Köder auswerfen undsoweiter. Die Tinte spritzt in alle Richtungen, auf das Ölzeug, die Brücke, manchmal sogar auf eine Wange, in ein Auge. Mitunter bohren die Haken der Köder sich durch den Gummihandschuh. Die erbeuteten Fische liegen durcheinander auf einem Haufen, wälzen sich in ihrer Tinte, speien Reste von Meerwasser aus, fegen mit ihren Fangarmen hierhin, dorthin.

Die Jagd dauert eine Stunde und ist dann so plötzlich zu Ende, wie sie angefangen hat. Die Kalmare ersticken aufeinander; die Arme sind fühllos und steif, die Hände wund, die Gesichter überzogen mit Schweiß, Gischt und eingetrockneter Tinte. Die vier Matrosen lassen sich niedersinken inmitten der Taue und halten ihren Becher der Flasche entgegen, die Albert ausschenkt. Ein paar Schluck Hitze und Macchia. Sie wischen sich über die Stirn, werfen einen Blick auf den Fang, murmeln zaghaft einen zufriedenen Kommentar.

Albert löscht den Scheinwerfer und knipst seine Stablampe an. Der Myrtenschnaps wärmt ihm die Kehle. Über seinem Kopf zahllose Sterne; manche stehen zusammen, andere streben auseinander. Er macht einen Kontrollgang auf dem Boot, hebt hier einen Tintenfisch, dort einen Köder auf, beugt sich dann über das Meer und streicht zart mit ein bißchen Licht darüber. Zu dieser nächtlichen Stunde besteht keinerlei Aussicht, den Horizont zu sehen.

Montag, zwei Uhr morgens,
vor der Küste von Porticcio

Dennoch fängt der Strahl der Stablampe mit einemmal die Horizontlinie ein, und diese Linie ist schön und still wie das Gesicht einer Frau an der Wasseroberfläche.

Einen Moment lang bleibt der Lichtschein in den schwimmenden Strähnen hängen. Albert zögert, doch es ist bereits zu spät, auch er verfängt sich im Haar und im schlafenden Blick. Das Kleid, das einmal rot war, wurde vom Salz zerfressen, bis nur noch dieses blaustichige rosa Fähnchen übrigblieb, das Emilie umhüllt, die Monde ihrer Brüste und den Schatten ihres Nabels sichtbar macht. Sie treibt dahin unter einem dünnen Wasserfilm, ein hautenges Leichentuch aus phosphoreszierendem Plankton am Leibe, sie hat dieses südländische Gesicht, das Albert kennt, auch wenn er es seit über zwanzig Jahren nicht mehr gesehen hat, diese matte, vom Jod gebleichte Haut, diese dunklen Brauen, die er sich unbedeckt unter all den

Schichten des lebendigen Geflechts kaum vorstellen kann.

Sie schwimmt davon, den Wellen entgegen. Stimmen klirren, und Albert richtet den Schein seiner Lampe wieder auf die Brücke, die Luken, die Seilrollen, die Schlangennestern gleichen. Er hat nichts gesehen, nein. Er hat den Horizont nicht gesehen, es war eine Halluzination, hervorgerufen durch den Myrtenschnaps, die Müdigkeit, die Tinte der Kalmare, die planktonschwere Gischt.

Er hat ihn gesehen, seinen Horizont, den er nicht vergessen kann, den Horizont, der sich nicht auf das Gesicht einer Frau beschränken läßt, weil er weit mehr ist als das und sich doch wieder gerade darauf beschränken läßt. Es passiert ihm heute zum zweiten Mal, beim ersten hatte er seine Mannschaft vom Schiff ins Beiboot gejagt und sie gezwungen, an Land zu rudern. Aber dann war er doch wieder zurückgekommen.

Diesmal bewahrt er Ruhe und beschließt, den Hafen anzulaufen, um ganz gelassen die Kalmare auszuladen.

Während der Rückfahrt hat er Zeit nachzudenken, seinen Entschluß reifen zu lassen.

Niemand ahnt etwas; sie räumen die Plastikschachteln in die Kühlkammer der Lagerhalle, knurren ein paar Gutenachtworte und machen sich auf den Weg in ihr bereits zerwühltes Bett.

Albert öffnet das Vorhängeschloß, schiebt sein Fahrrad fast bis ans Ende der Mole und läßt es ins Wasser gleiten, wo es versinkt.

Er geht zurück an Bord, prüft, ob alles in Ordnung ist, Treibstoff, Karten, Meßgeräte, und wirft die Maschinen wieder an.

Als die Sonne endlich aufzugehen geruht, segelt Albert schon vor der Küste Sardiniens, aufrecht am Steuer, den Blick starr auf den Horizont gerichtet, wo er Haare wirr daliegen sieht, wo dunkle Augenlider ihn erwarten.

Einmal läuft er einen Hafen an, um seine Treibstoffvorräte aufzufüllen.

Und dann nur noch die offene See, Richtung Südwesten unter der Sonne, die wie festgewurzelt am Zenit steht, in Richtung Gerüche der Kindheit, Wüste, weiße Häuser, Weinstöcke, Gäßchen von Algier.

Je weiter er in den Horizont eintaucht, um so deutlicher werden die Bilder und verlieren sich in den duftenden Details, eine Hand, durch die Couscous rieselt, Knoblauch, der in einem Fensterschatten hängt, gekalkte Wände, staubige Spätnachmittage, unendliche Strände. Dann bricht aber schließlich doch die Nacht herein, und sie bringt ihr Maß an Enttäuschungen mit und an Ängsten des Halbwüchsigen, den jähen Eintritt in eine Erwachsenenwelt, welche die Waffen sprechen läßt. Und er erinnert sich, als wäre seither nichts anderes mehr geschehen, an die überstürzt gepackten Koffer, die zurückgelassenen Gegenstände, gleichsam wie Scherben seiner selbst, an seine weinende Mutter und seinen allzu stillen Vater, seine Schwester natürlich, die nichts begriff, den Hund, der den Tod anbellte, und an das Plüschtier – ein weißer Bär, der sein Fell verlor –, das er noch rasch hätte holen wollen im Haus, aber es war schon abgeschlossen, und in seinem Alter kam es nicht mehr in Frage, um ein Stofftier zu weinen, und es kam noch nicht in Frage, wissen zu wollen, warum sie gehen mußten, warum sein Vater nicht auf der richtigen Seite stand.

Er schläft in seiner Kapitänskajüte ein, den Kopf zwischen all den Karten, die er nie zu öffnen wagte aus Angst, die genaue Position seines Horizonts darauf zu finden, in Seemeilen angegeben und zu vermeidenden Klippen.

So treibt er dahin in der Dunkelheit und in vollkommener Stille, über acht Stunden lang. In seinem Traum das tränennasse Gesicht einer Frau, ein spitzenumsäumter Körper, der ihm verschwimmt.

Dann nimmt er wieder Kurs auf Südwest, ohne sich die möglichen Schwierigkeiten vorzustellen oder Annies Tränen. Korsika versinkt im Mittelmeer, gefolgt in seinem Untergang von Sardinien und sämtlichen Inseln der Umgebung.

Und endlich kommt er auf ihn zu, sein Horizont, erst eine helle Linie, dann ein weitläufiger Sandstrand und Häuser mit flachen Dächern, die wie Nacktschnecken an einem Hügel kleben.

Er wird seinen Fuß auf algerischen Boden setzen, es wird dauern, solange es eben dauert, man wird ihn aufnehmen oder zurückweisen, aber er wird alles tun, um hier zu bleiben, er wird die Zeit haben, seine elfjährige Kindheit wiederzufinden, den Duft, der aus den Tonschüsseln dampft, die abendliche Stille, die krummen Olivenbäume, deren Wurzeln den Putz der Mauern spalten, und auch die Autos und die Satellitenantennen, die Gewürze, den Wüstensand weiter im Süden, die Meute der Kinder an den großen Stränden; er wird nicht wieder weggehen, er wird sein restliches Leben hier einpflanzen, bis die algerische Erde ihn verschlingt.

Kreuz und quer

Das Dorf schweigt seit einer Stunde. Um diese Zeit des Jahres handelt es sich bei den meisten Touristen um Rentner, die gegen zehn schon vor sich hinschlummern, den Bauch voll Hummer oder Miesmuscheln. Mitunter durchbricht eine Gruppe grölender Studenten die Stille der Nacht.

Heute ist dies nicht der Fall; und Porticcio ist auch nicht wirklich ein Fremdenverkehrsort, man kann hier kaum etwas unternehmen, man kann sich höchstens erholen, indem man auf die Wellen schaut.

Genau das tut Chloé jede Nacht, sie sitzt auf einem sandigen Plätzchen unter der Pontonbrücke und schaut aufs Meer. Tagsüber schläft sie, traumlos, so bleibt ihr die Nacht, um sich von ihren Gedanken wiegen zu lassen.

Hin und wieder tanzende Schimmer auf dem Meer, die mit den Wellen ans Ufer rollen.

Ein unerwartetes Geräusch reißt sie aus ihrer Träumerei. Da sie nicht gesehen werden möchte, rückt sie ein Stück weiter in den Schatten der Brücke. Der Wagen hält über ihr am Ende des Kais. Sicher keine Studenten, dazu läuft alles zu leise ab. Vielleicht ein Liebespaar, das zu nächtlicher Stunde schwimmen gehen will …

Nein, es sind zwei Männer, die flüstern. Sie haben die Wagentüren unendlich vorsichtig geschlossen.

– Schlag den Kofferraum nicht zu.

Chloé zieht den Kopf zwischen die Schultern und atmet so flach es irgend geht.

– Dürfte kein Problem sein, sie zu tragen. Nimm du die Beine.

– Sie ist schön …

Chloé unter der Brücke versucht, mit dem wurmstichigen Holzpfeiler zu verschmelzen. Sie hört das Knistern des Stoffes, das Schließen des Kofferraums, die Schritte der Männer, schwerer nun von ihrer Last, das Krachen der Bretter über ihrem Kopf. Durch die Zwischenräume lassen sich die Schatten erkennen, die mit krummem Rücken gehen. Ein wenig Sand rieselt ihr ins Gesicht. Sie wischt ihn mit der Hand weg. Sie kann nicht anders, sie horcht, was gesagt wird, sie versucht, die Gesichter zu sehen. Sie errät, daß die Männer gebeugt gehen, weil sie das Gewicht eines menschlichen Körpers zu tragen haben. Richtig Angst hat sie nicht, aber sie denkt, wenn sie ihre Anwesenheit bemerkten, würde ihr wohl dasselbe Schicksal blühen.

Plötzlich ist ihr sehr kalt, und sie hat eine Gänsehaut bekommen. Ihr Herz schlägt bis in die Schläfen.

Die beiden Männer legen den Körper am Ende der Pontonbrücke nieder. Sie würde gern schauen, statt dessen kauert sie sich zusammengesunken noch näher an den Holzpfeiler.

– Zieh ihr das Kleid herunter, die Schenkel sind ja bis oben hin entblößt.

– Die Sterne … Das war nur so dahingesagt …

– Vielleicht gar keine schlechte Idee, warum auf eine solche Gelegenheit verzichten?

Chloé spitzt die Ohren, preßt die Hand ans Herz, um das Pochen zu dämmen.

– Gut, also, das Schwierigste haben wir hinter uns.

Chloé hört sie abermals stöhnen, dann beginnen sie zu zählen: eins, zwei, drei …

Und sie sieht, wie der Körper rot umhüllt von der Pontonbrücke fällt und das Meer sich auftut mit einigen wenigen Spritzern.

– Los, gehen wir.

– Sie schwebt fast …

– Komm.

Auf der Brücke überstürzen sich die Schritte, Sand regnet durch die Zwischenräume der Bretter, dann hört man zwei Türen schlagen und den Motor des Wagens die Stille zerreißen.

Chloé wartet lange, nachdem die Männer verschwunden sind, bis sie sich endlich entschließt, ihr Versteck zu verlassen. Die Nacht ist jetzt noch stiller als vorhin. Auf dem Sand vermischen sich die Reifenspuren mit anderen Reifenspuren. Eine Straßenlaterne beleuchtet orange die Brücke und ein Stück Meer. Chloé denkt an ihren Arbeitgeber in der Rue de Dunkerque. Seit einem Monat lebt sie jetzt hier in den Tag hinein, vielleicht sollte sie allmählich wieder an die Schere denken, den Spray, die Lockenwickler und an die Haare, die haufenweise Tag für Tag auf die weißen Fliesen fallen und die sie Tag für Tag zusammenkehren, aufsammeln, wegwerfen muß, immer mit dem Gedanken, es sind tote Haare, und sie hat sie getötet.

Sie geht bis ans Ende der Brücke, langsam, sucht auf dem Boden nach Spuren der Männer, die die Leiche getragen haben, findet aber keine. Sie hat das Gefühl, so viel leichter zu sein als diese Männer. Sie schwebt fast.

Sie hätte vermutet, sie sei bereits vom Meer verschlungen worden. Aber sie ist noch da.

Sonntag, null Uhr dreißig,
Küste von Porticcio

Emilie blickt in die Sterne. Die Arme sind längs des Körpers weggestreckt, der Kopf ist leicht nach hinten geneigt, der Bauch wölbt sich unter dem Kleid: so entfernt sie sich von der Küste. Auf ihrem Gesicht ein bißchen Mondschein, Lichtschwaden und Wassertropfen. Ein geschultes Auge würde dunkle, violette Male auf ihrem Hals erkennen, Chloé aber sieht nur die Blässe des Gesichts, die Hände, die nackten Füße. Schauder durchlaufen ihre Wirbelsäule, und ihr ist, als würde sie von den Wogen des Meeres getragen, genau wie sie.

Chloé kann in ihrer Hand das seidige Haar spüren, das über die Anmut der Schultern bis zu den Hüften hinunterfällt, sie hört sogar, wie sie sich weigert, sie abzuschneiden, die gespaltenen Spitzen, ja, aber mehr nicht, die Schere würde mit Sicherheit streiken.

Sie schwimmt nicht, die Strömung und die Lotsenfische geleiten sie hinaus aufs Meer.

Chloé steht mit hängenden Armen da, regloser als eine Statue, so lange, bis der Körper nur noch ein heller Punkt an der Wasseroberfläche ist, weit draußen, und dann nichts mehr.

Seit einer Weile ist sie nicht mehr da. Ihr Geist wandert zwischen der Rue de Dunkerque, den Bergen von Haaren, die sich Jahr für Jahr anhäufen, und der Bruchbude von Haus am Abhang des Hügels, die sie geerbt hat. Seit einem Monat fährt sie jede Nacht hin und zurück, wägt das Für und Wider ab. Von Anfang an hatte sie diese Bruchbude gehaßt: alles mußte neu gemacht werden. Nicht, daß ihr der Sinn auch nur entfernt nach Renovieren stand, aber wenn sie wenigstens ein bißchen Bares dafür bekommen wollte, konnte sie diesen Trümmerhaufen nicht so verkaufen, wie er war. Sicher, ein paar Leute waren gekommen und hatten ihr einen Pappenstiel geboten für die schmierigen Türen, die zerschlissenen Matratzen. Dennoch konnte sie sich nicht entscheiden. Die Käufer sahen alle aus wie Wegelagerer.

Manche waren auch gekommen, um ihr von ihrem verstorbenen Onkel zu erzählen, den sie selbst nur von Photos kannte. Ein guter Mensch, der dieses Ende nicht verdient hatte. Als ob man ein Ende verdienen könnte … Aus dem Wust an Angedeutetem und Unausgesprochenem konnte sie schließen, daß viele Leute ihn gemocht hatten, die Krankheit, die sein Hirn zerfraß, sie aber alle verscheucht hatte, bis er schließlich zu allein dastand, um noch ein Überleben zu wagen.

Vom Kap überblickt die Bruchbude das ganze Tal, und vom Fenster des Raums, der einmal ein Wohnzimmer war, sieht man die Bucht, einige Häuser und das Meer. Im Garten hat der Wind die Dachziegel heruntergetragen und verstreut, und die Brombeersträucher versperren fast den Weg. Im Inneren riecht es nach Urin und den Exkrementen von Fledermäusen.

Chloé war außerstande, dort eine einzige Nacht zu verbringen. Eigentlich wohnt sie seit einem Monat im Hôtel Bellevue, etwas Billigeres hatte es nicht gegeben. Nichts hält sie hier, und doch kann sie nicht abreisen. Es ist ein süßes Leben. Aus der Entfernung scheint ihr Paris so trist, andererseits vermißt sie die Hektik. Manchmal spürt sie sogar ihre Finger tanzen, als steckten sie in den Griffen ihrer Schere.

Es war idiotisch gewesen, sich eine schmucke Villa am Meer vorzustellen, vielleicht auch noch mit Swimmingpool, Bäumen ringsum und vier Badezimmern. Trotzdem war sie voll Begeisterung aufgebrochen, mit der Vorstellung, sie könnte die Bleibe ja vermieten oder als Ferienhaus nutzen.

Seit einem Monat kommt sie sich irgendwie ungestalt vor, allzeit bereit zu endlosen Träumereien, die sie von Erinnerung zu Erinnerung führen. Sie ist völlig ungebunden, frei wie der Wind, nur den Launen der Luft unterworfen. Sie schläft untertags, um den Horden von Kindern aus dem

Weg zu gehen, die an den Stränden die hassenswerte Manie besitzen, aus Sand Burgen mit Türmen bauen zu wollen. Manchmal liest sie auch ein bißchen, Modemagazine und Illustrierte, Sonderheft: Sonnenbaden – Schützen Sie Ihre Haut. Abends geht sie ans Meer, schwimmen bei Sonnenuntergang, und bleibt dann untätig auf dem Sand sitzen, bis der Mond hinter den Horizont versinkt. Sie spielt mit dem Sand zwischen ihren Füßen, gräbt eine Grube, ebnet sie wieder, unermüdlich. Wenn es kühler wird, wickelt sie sich in ihre karierte Decke, legt das Kinn auf die Knie und versucht, nicht an Jean zu denken.

Sie bleibt am Ende der Pontonbrücke sitzen, lange nachdem der Körper verschwunden ist. Auf der anderen Seite der kleinen Bucht verläßt ein Boot den Hafen. Lichter, grüne und rote. Obwohl angeblich ein großes Geheimnis die Operation umgibt, weiß sie, es ist Albert mit seiner Mannschaft, sie fahren hinaus zur nächtlichen Tintenfischjagd. Sie verfolgt die schwarze Form, die aufs offene Meer hinaussteuert, bald sind ihre Augen zu erschöpft vom Versuch, die Schatten zu unterscheiden. Sie streckt sich auf den Brettern aus, blickt in die Sterne. Die Worte des einen Mannes, des sanfteren von beiden, fallen ihr ein: eine Geschichte der Sterne.

Sie hat die Männer schon fast vergessen, sie waren nur der Traum einer ausklingenden Nacht, Fetzen von ihrem Gespräch sind aber noch da, und auch das Haar der Toten, das abzuschneiden sie sich geweigert hätte.

Sie schläft ein. Durch ihre Finger gleiten unendlich lange Haare, Algen, Gräser. Die Dämmerung holt sie vor

Sonnenaufgang aus dem Schlaf. Oder zumindest die Dinge, die zur Dämmerung gehören: Tau, der nach Jod schmeckt, kühlere Luft, eine Blässe, die von Osten her aufzieht. Sie hat Alberts Boot nicht zurückkommen hören. Um diese Zeit schlafen die Kalmare in Kisten auf einem Eisbett, und die Netze fangen die letzten Opfer ein.

Ihre Knochen knacken, ihre Muskeln tun weh, sie zittert und klappert mit den Zähnen. Kein Fältchen kräuselt die Wasserfläche, keinerlei Spur von einer jungen Frau in einem roten Kleid. Ein Schwarm Meeräschen reibt sich an den Algen der Brücke.

Sie geht über den Strand zurück ins Dorf, barfuß durch den kalten Sand; anstatt direkt auf ihr schäbiges Hotelzimmer zu gehen, anstatt sich unter der Decke zu vergraben, die nach Seife und Bohnerwachs riecht, macht sie in der Bäckerei halt, kauft zwei Croissants und verschlingt sie im einzigen geöffneten Café an einem Tisch im Freien. Sie findet den Kellner mit den Schatten unter den Augen sehr romantisch, aber die Nacht hat ihre Lippen versiegelt, sie traut sich nicht, ihm etwas zu sagen; dabei springt es richtig ins Auge, um wieviel besser etwas längeres Haar ihm stünde.

Sie hat beschlossen, nicht schlafen zu gehen. Nach dem Frühstück gräbt sie aus ihrer Tasche die Schlüssel des gelben Simca, Baujahr 1973, hervor, wischt mit der Hand den Tau und den Staub von der Windschutzscheibe und fährt los zu ihrer armseligen Baracke.

Das Dorf verströmt einen Duft nach Fenchel, frisch gebackenem Brot und Macchia. Sie parkt den Simca in einiger Entfernung der unsicheren Gemäuer ihres ererbten Besitzes.

Im Garten versperrt das hohe Gras den Weg.

Sie beugt sich hinunter, hebt einzeln die vom Dach gefallenen Ziegel auf und stapelt sie auf der ehemaligen Terrasse. In einer Stunde hat sie alle fein säuberlich geschichtet. Ein Nachbar hat ihr ein klingendes Guten Morgen zugerufen, etwas zu donnernd für diesen Ort. Sie hat lächelnd geantwortet, schneller, als sie sich über ihr Lächeln und ihre Antwort wundern konnte.

Die Sonne ist gnadenlos: Schweißtropfen laufen ihr über die Schläfen, zwischen die Brüste. Sie zieht an ihrem T-Shirt, um es zu dehnen und einen Luftzug einzulassen.

Nach zwei Stunden Schinderei sieht der Garten noch genauso verwildert aus. Sie lehnt sich einen Augenblick im Schatten neben die Eingangstür. Ihre Schultern haben einen Sonnenbrand bekommen. In dem Monat, seit sie hier ist, hat sie immer nur die Nacht erlebt, manchmal die Morgen-, manchmal die Abenddämmerung, nie aber die Mittagsglut.

Die Tür zum Schuppen quietscht in den völlig verrosteten Angeln. Wie lange ist sie wohl nicht mehr geöffnet worden? Wann hat der alte Onkel hier zum letzten Mal seine Gartengeräte eingestellt? Im Inneren ist die Temperatur kaum kühler. Die Spaten- und Schaufelstiele stehen durcheinander in einer Ecke, hinter einem hellen Spinnwebschleier. Auf den Regalen stehen in einer Reihe leere, verstaubte Einmachgläser. Ihr graut bei der Vorstellung, sich später ein klebriges Gespinst aus den Haaren ziehen zu müssen. Ihre Augen gewöhnen sich an das Dunkel, und schließlich findet sie, was sie gesucht hat: eine Gartenschere. Und gleich daneben glücklicherweise einen Wetzstein. Mit diesen Werkzeugen verläßt sie den Schuppen, und unter dem Messingwasserhahn, der in die Gartenmauer eingelassen ist, schleift sie die Klinge.

Wehe den wirren Gräsern, die kreuz und quer stehen. Als wüchsen sie an den Schläfen eines jungen Mannes, schneidet sie die Stiele der Brombeersträucher und die Siebenwurzsprößlinge an der Wurzel ab. Etwas zarter geht sie mit den sonnenvergilbten Gräsern um. Auf halber Höhe nur schneidet hier die Schere, läßt so viel stehen, daß sie mit den ersten Septemberregen wieder erstarken können. Die Klingen haben einen rüstigen Klang und werfen Sonnenfunken zurück, daß es in den Augen brennt.

Wie sie es mit Emilies Haar getan hätte, weigert sie sich, das Heidekraut, das in üppigen Büscheln überall im Garten wächst, kahlzuschlagen. Sie entfernt nur die ausgetrockneten Äste, köpft lediglich die überlangen Stengel.

Das Fernrohr

Manchmal muß man auf die alten Methoden vertrauen, die ihre Wirksamkeit über die Jahre bewiesen haben.

So kam es, daß Paul und Julien vor nunmehr zwei Wochen im übelriechenden Schlamm der Kanalisation von Bastia zu wühlen begannen. Bewaffneter Überfall, Bombenlegen, Geiselnahme oder Hantieren mit dem Schweißbrenner – zu alldem waren sie nicht fähig. Kein Wunder, sie sind ja keine Profis. Ein Kinderbetreuer in Ferienlagern und ein gewesener Astronomieprofessor gehören selten zur Crème de la crème der Einbrecherschaft.

Der Crédit Foncier, die Bodenkreditanstalt von Bastia, befindet sich mitten im Stadtzentrum, etwa zehn Meter von der Hauptader des städtischen Kanalnetzes entfernt. In diesem Schacht kann ein Mensch krumm stehen. Auch ist es in Anbetracht der zahlreichen Gullys nicht schwierig, den Streckenplan allabendlich zu ändern. Keinen Verdacht zu erregen, darin liegt ein Teil des Erfolgs.

Seit zwei Wochen also waten sie im Schlamm, genauer gesagt seit dem fünfzehnten August, dem Tag, an dem sie sich zu einem Einbruch entschlossen, dem einzigen Ausweg aus ihrer Sackgasse.

Zunächst mußten sie einen Tunnel graben, durch den sie direkt in die Zentralkammer der Bank einsteigen könnten, in der sich die größte Kapitalreserve befindet. Das war kein reines Vergnügen, gelacht haben sie trotzdem viel. Denn Julien vergaß nie, zur Bekämpfung seiner Klaustrophobie zwei oder drei Flaschen Patrimonio mitzunehmen, und so arbeiteten sie sich Glas um Glas durch die einzelnen Schichten, schwitzten und stöhnten, erstickten ihr Lachen hinter vorgehaltener Hand, gruben abwechselnd zwischen den Abflußrohren und Felsbrocken. Zu guter Letzt nun ist der Tunnel fünfzehn Meter lang und schlängelt sich im Zickzack auf sein Endziel zu, und weit schwieriger als der Schutt und das Geröll waren die Flaschen zu entsorgen. Für Julien, der nie zuvor in seinem Leben so viel getrunken hat, scheint das Paradies ein Erdloch zu sein. Er fragt sich, ob wirklich Fortuna es war, die ihm die genauen Pläne der Bodenkreditanstalt in die Hände gespielt hat. Paul versucht, ihn zu beruhigen, und erzählt ihm von Venezuela, von einem sorgloseren Leben in einem lustvolleren Land. Aber es hilft nichts: er hat bis tief in die Kehle einen Granitgeschmack im Mund, und auf seinen Lidern haben sich kleine Schlammklumpen angesammelt.

Nun befinden sie sich gerade unter dem Raum, in dem die Banknoten gehortet liegen. Es ist der heikelste Moment der gesamten Operation. Sie müssen sich lautlos durch fünfzig Zentimeter Stahlbeton sägen. Eine Elektromaschine zu verwenden kommt aus Lärmgründen selbstverständlich nicht in Frage. Erst hatten sie daher von Hand ein Loch gebohrt, welches sie dann durch Aushöhlung weiterer, querliegender Löcher vergrößerten. Sobald sich die Klinge einer Metallsäge durchschieben ließ, gingen sie daran, Zentimeter um Zentimeter aus dem Beton zu feilen, bis ein

Mensch durchschlüpfen konnte. Drei ganze Nächte verwandten sie auf diese Übung, eingehüllt in Schwaden von Ziegenkäse und Wein. In den beiden darauffolgenden Nächten wiederholten sie das Manöver und brachten weitere zwanzig Zentimeter hinter sich. Es mag am Patrimonio gelegen haben oder auch an der Aufregung, jedenfalls erschien diese Schinderei ihnen nicht mehr so schlimm.

Ihren Berechnungen zufolge bleiben ihnen noch zehn Zentimeter Beton und die unausweichliche Linoleumschicht. Diese zehn Zentimeter lassen ihnen keine Wahl: Sie müssen noch in dieser Nacht fertig werden.

Heute morgen haben sie bereits ihre Sachen gepackt. Das Hotelzimmer ist bis einschließlich heute nacht gebucht, niemand soll eine überstürzte Abreise schlußfolgern. Jedermann hält sie für zwei Touristen, die nächtens vor der Küste von Bastia tauchen gehen – weshalb sie sich allmorgendlich, bevor sie auf ihr Hotelzimmer gingen, in Hafennähe begeben mußten, um die alten Anzüge zu benetzen, in die sie nicht mal hineinpaßten. Aber egal, glücklicherweise ist nie jemand auf die Idee gekommen, die Bleigürtel zu überprüfen, und im übrigen besitzen sie ein gutes Buch über Unterwasserfauna. So, wie sie aussehen, nimmt man ihnen die Touristen ohne Bedenken ab. Nicht, daß irgend jemand sie für fromme Lämmer hielte, das gilt aber eher für ihr Sexualleben und ihre Vorliebe für den Patrimonio.

Die zehn Zentimeter Beton halten zwei Stunden lang stand. Paul und Julien haben zerschürfte Hände und wunde Finger, weil sie die Säge mitunter an den Zähnen fassen müssen, um weiterzukommen. Der Betonstaub rieselt ihnen in die Augen und legt sich auf die Weingläser. Julien nippt heute öfter als sonst an seinem. Er hält die Stablampe gerade vor sich, auf Pauls Rücken. Er betrachtet seinen gebräunten, schweißüberzogenen Nacken, seine Halsmuskeln, das Zittern seiner Schultern im Kampf gegen den Beton. Sie sprechen kaum: Was als Spiel, als eine Art Jugendwette begann, wandelt sich soeben in greifbare und leicht erschreckende Wirklichkeit. Werden sie heute tatsächlich so viel Geld stehlen, wie sie aus dem Tresorraum tragen können? Werden sie nun zu Gentlemangaunern, wie sie es sich erträumten, wenn sie als Kinder die Abenteuer von Arsène Lupin verschlangen?

Es sieht ganz so aus, als wollten sie diesen Weg wirklich einschlagen.

Um zwei Uhr achtunddreißig schiebt Julien endlich seine lampenbewehrte Hand, dann seinen Kopf durch die Bodenöffnung, die sie erarbeitet haben. Er zieht sich zum Tresorraum empor und wundert sich, daß nicht sogleich ein Dutzend Wachleute, bis an die Zähne bewaffnet, ihn anschreien. Paul folgt ihm, und gemeinsam entdecken sie, wofür sie Blut und Wasser geschwitzt haben. Es ist fast enttäuschend: eine Reihe von Regalen aus Metall, auf denen gebündelt und geschichtet lauter neue Scheine liegen. Linker Hand stehen Schränke mit Schubladen, die sicherlich Aktien und Wertpapiere enthalten. Julien öffnet den großen Rucksack, den sie mitgebracht haben und in dem sich ihr angebliches Tauchzeug befindet. Die neuen Noten, die noch druckfrisch riechen, übersehen sie geflissentlich. Julien hat im untersten Fach eines Regals die gebrauchten

Scheine entdeckt, in Bündeln gestapelt. Die Eingänge der Woche. Und bei diesem Zaster, der durch Tausende Hände gegangen ist, auf Korsika und auf dem Festland, greifen sie zu. Paul würde schon gern ein oder zwei Päckchen der nagelneuen Noten an sich nehmen, aber Julien hält ihn mit einem vielsagenden Blick davon ab: Wir wollen doch nicht riskieren, uns wegen eines solchen Leichtsinns schnappen zu lassen, der Rest hier dürfte reichen für ein ganzes Leben mit hinlänglich Käse und Patrimonio. Und in der Tat wölbt sich der Bauch des Rucksacks recht ordentlich, so daß sie sogar Mühe haben, sich damit durch die Kanalisation zu zwängen.

Es ist fünf Uhr früh, als sie den Rettungsschacht finden, in dem sie seit zwei Monaten praktisch hausen. Sie stolpern über die Weinflaschen und können nicht widerstehen, eine davon zwischen zwei prallen Geldbündeln und vier Goldbarren im Tresorraum zu hinterlassen, nebst einem alten, vollends ekelerregenden Stück Käse. Fingerabdrücke? Auf den Flaschen und Gläsern? Nur weil sie keine Profis sind, so sind sie deswegen noch lange nicht blöd. Klar werden einzelne Haare oder sogar Schweißtropfen auf dem Linoleum im Tresorraum den scharfsinnigen Ermittlern Hinweise auf die Struktur ihrer DNA liefern, von Nutzen wäre ihnen das aber nur, wenn sie auch Verdächtige zur Hand hätten. Und um als solche nicht zu gelten, sind die beiden zu allem bereit, angefangen damit, weitere Einbrüche zu unterlassen.

Draußen ist es viel kühler geworden. Der August zieht sich langsam zurück und wird bald den Septembergewittern weichen.

Bastia riecht nach Meeresfrüchten, mit Knoblauch und Petersilie zubereitet. Paul und Julien aber duften nach Patrimonio, Käse, Kanal, Schweiß und unrechtmäßig erworbenem Geld.

Um sieben Uhr verlassen sie, frisch geduscht und mit einer Kaffeefahne, ihr Hotel; den Rucksack haben sie umgeschnallt, die Rechnung beglichen mit einem Scheck, der auf Pauls Namen ausgestellt ist und von seinem Privatkonto abgebucht werden kann, auf das vor kurzem die mickrige Summe seiner Kündigungsabfindung eingegangen war …

Um sieben Uhr dreißig, dem genauen Zeitpunkt, zu dem der Buchhalter der Bank, nachdem er die Missetat entdeckt hat, auf einen Knopf drückt und damit im nächstgelegenen Kommissariat in der Rue Pasolini Alarm auslöst, sitzen die beiden im Bus, der sie zum Flughafen von Bastia fährt. Nun wird binnen kürzester Zeit der gesamte Flugverkehr lahmgelegt werden, damit die Ermittler die Identität jedes einzelnen Passagiers überprüfen können. Paul und Julien schert das aber wenig, denn sie haben alle beide mordsmäßige Flugangst und tragen sich keineswegs mit dem Gedanken, heute eine Maschine zu besteigen.

Die Idee mit dem Flughafen hatte Julien. Ein idealer Ort für einen Wagendiebstahl, wenn man nicht möchte, daß das Fehlen des Fahrzeugs unverzüglich gemeldet wird. Man muß sich nur das richtige Opfer aussuchen.

Auf dieses Opfer warten sie bis Mittag. Eine Frau um die vierzig, Kleinmädchenschmollmund, Ringe unter den Augen, fahrige, fuchtige Bewegungen. Nachdem sie sich kurz im Rückspiegel betrachtet hat, nimmt sie zwei Koffer vom Beifahrersitz, schlägt die Tür zu, als betätige sie ein Fallbeil, dreht mechanisch den Schlüssel im Schloß und geht auf die Abflughalle zu.

Sie gedulden sich eine halbe Stunde, um sicher zu sein, daß sie nicht zurückkommt; dann schicken sie sich an, das Schloß zu knacken. Paul hat so manches gelernt von den Jungs im Ferienlager, namentlich die Kunst und die Art und Weise, sich des Fahrzeugs einer fremden Person zu bemächtigen. Diese Arbeit wird ihm insofern erleichtert, als die Tür zum Beifahrersitz ohnehin nicht abgeschlossen ist.

Zwei Kabel kommen zusammen, und der Motor beginnt zu schnurren.

Auf der Straße in die Castagniccia mit den schattigen Wegen sehen sie eine Horde blau gekleideter Männer Richtung Flughafen rasen. Sie selbst haben längst einen Platz an Bord der *Danielle Casanova* von Ajaccio nach Marseille gebucht und vorsorglich auch eine Nacht in einem unbedeutenden Badeort in der Nähe von Ajaccio geplant.

Ihr Diebstahlopfer hat Geschmack: Beethoven und Rockgruppen der siebziger Jahre. Julien schläft auf seinem Sitz ein und erwacht erst, als Paul den Wagen in der Nähe einer Bäckerei parkt. Auf der Rückbank hält der Rucksack sein Versprechen geheim.

Sie sind nicht sehr beunruhigt: Auf ihrer Straße ist nichts los, obwohl überall sonst hektische Aufmerksamkeit herrscht. Sie müssen lediglich die Absperrungen meiden. Die einzige Gefahr besteht darin, angehalten zu werden in einem Wagen, zu dem sie keine Papiere haben. Sobald sie an ihren Zielort kommen, werden sie ihn auf dem Parkplatz eines großen Einkaufscenters abstellen.

Im Radio erleichtern die Reporter ihnen ihre Sache, indem sie ausführlich über den Fortgang der Ermittlungen berichten, die wichtigsten Absperrungen und die getroffenen Maßnahmen bekanntgeben. Vermutlich wurden die Einbrecher bei ihrer Tat gestört, da sie nur zehn Millionen Franc in kleineren und größeren Scheinen mitnahmen und zahlreiche andere Banknoten zurückließen, heißt es.

Gegen vierzehn Uhr halten sie, um im Schatten einer Strandkiefer zu picknicken. Schon den Vormittag über waren sie eher schweigsam, jeder für sich in seinen eigenen Träumen oder Sorgen verhaftet. Trotz ihrer perfekten Trampertarnung ist der Ausgang ihres Abenteuers mehr als ungewiß. Vor allem Paul wirkt angespannt; Julien ist eher der Mann für die Träume, die Sehnsucht, für solch verschwommenes Zeug.

– Leg den Rucksack lieber in den Kofferraum, das ist sicherer.

Samstag, vierzehn Uhr fünfzig,
La Castagniccia

Wäre es nicht, was es ist, könnte das Bild, das sich ihnen bietet, schön und ergreifend sein. Im Kofferraum des Wagens liegt in Embryonalstellung eine junge Frau und scheint zu träumen. Barfuß, die Schenkel entblößt vom

Kleid, das bis zur Hüfte hinaufgerutscht ist, die Hände verborgen unter dem roten Stoff, die Haare in Strähnen, welche Lakritzenstangen gleichen, die Lippen leicht geschwollen, die Lider durchscheinend, eine Wolke zerronnener Wimperntusche auf der Wange, kecke Nase, mattblasse Haut, die im Licht strahlend lebendig aussieht: Nichts zeigt an, daß hier der Tod vorübergegangen ist.

Oder doch, eines: die violetten Male am Hals.

- Kann sein, aber wenn zwei Einbrecher mit einer Leiche im Kofferraum angetroffen werden, dann gibt das Ärger.

Die ganze Landschaft ringsum scheint eine einzige Frage zu stellen: Was tun?

Aus dem Kofferraum blickt die Leiche sie durch die geschlossenen Lider an: Zehn Millionen, das ist im Grunde genommen fast noch ein Kavaliersdelikt, aber ein unschuldiges Leben in einem roten, wenn auch sehr kurzen Kleid, darauf stehen gut dreißig Jahre oder gar lebenslänglich, wenn der Richter einen schlechten Tag hat.

Julien streicht mit der Hand den nackten Schenkel entlang, dann weiter bis zum Hals, zum Haar. Wäre die Haut nicht so kalt - man könnte meinen, sie sei noch am Leben. Schönheit, die schwerste Bürde... Wie lange liegt sie zurück, seine letzte Geschichte mit einer Frau?

Paul zieht ihn sanft fort, wirft einen Blick auf die Leiche, die still daliegt, und schlägt den Kofferraumdeckel zu.

Als ginge er in den Wald pinkeln, entfernt er sich einige Meter und wischt verstohlen mit dem Handrücken eine Träne weg, die sich eben anschickte, über seine Wange zu rollen.

– Und wenn die Wagenbesitzerin sich meldet?

– Die! Die hat uns ganz schön reingelegt mit ihrer Klapperkiste und der Puppe drin! Würde mich wundern, wenn die zur Polizei rennt und ihre Karre mit dem schlafenden Schneewittchen gestohlen meldet.

– Werfen wir sie ins Meer ...

Zwischen Castagniccia und Ostküste hält niemand sie an. Keiner der beiden findet die Worte, die er gern sagen würde. Die Landschaft, die vorüberzieht, löscht die Bilder nicht aus. Sie kehren unentwegt wieder: das rote Kleid, die mattblasse Haut, die kraftlosen Hände, das lange Schwarzhaar. Jede unvorhergesehene Änderung im Straßenverlauf, jedes Schlagloch erschüttert den leblosen Körper im Kofferraum, und es kommt ihnen so vor, als ob ein riesiger Wurm sich ein Loch durch ihren Bauch gräbt.

– Nicaragua wäre auch nicht schlecht ...

– Bist du sicher, daß hier niemand ist?

– Ja, oder siehst du jemanden? Los, Beeilung.

Sie öffnen den Kofferraum, heben die Leiche heraus, schließen den Kofferraum. Julien weiß, diesem Körper wird sich nie wieder ein Seufzen entringen oder ein Weinen oder ein Lachen; und doch, vielleicht wegen dieses Lächelns, das sie noch im Tode trägt, fürchtet er, die zarten Knöchel in seinen Händen zu zerbrechen. Paul hält sie unter den Achseln, und obwohl die Muskeln erstarrt sind, baumelt der Kopf auf der Brust hin und her. Das Haar lebt noch und wellt sich schwarz über dem Kleid, das unter den Handgriffen hinaufgewandert ist und noch ein anderes, nicht minder schwarzes Geheimnis ahnen läßt. Unwillkürlich starrt Julien auf den Ansatz ihrer Schenkel.

Und mit dieser Fracht beladen stehen sie auf der Pontonbrücke, deren Bretter allesamt krachen, und sie gleichen einem Insekt, das durch seinen schweren Bauch aus dem Gleichgewicht gerät.

Wie bei einem Kind, das man in ein Schwimmbecken wirft, schwenken sie den Körper dreimal, bevor sie ihn über dem Meer loslassen.

Das Wasser nimmt sie lautlos auf; die Wellen verteilen sich an der Oberfläche im Umkreis von einigen Metern und verrinnen; im Nachtlicht bekommt das Kleid eine violette Tönung, und die Haut färbt sich fast ultramarin; eine Sirene, ohne Schuppen, ohne Schwanz, die aufs offene Meer hinaustreibt.

Julien riecht den Duft der Toten auf seiner Hand, eine Mischung aus Macchia, Motoröl, billigem Kölnisch Wasser,

Puder und Schminke. Paul raucht eine Zigarette nach der anderen, während er den Wagen zum Parkplatz fährt, wo dieser still warten wird, bis seine Anwesenheit jemandem auffällt.

Um sieben Uhr stehen sie auf dem Kai im Hafen von Ajaccio, der Rucksack ist mit dabei. Paul trägt die Millionen, als trüge er immer noch die falschen Taucheranzüge. Er hat den Wert dessen, was er eigentlich transportiert, vergessen.

Um acht Uhr dreißig entfernt sich das Schiff durch die Spätsommernebel von der Küste Korsikas. Julien sucht im schäumenden Kielwasser ein Zeichen, eine Hand, ein Gesicht, umrahmt von Schwarzhaar, als könnte sie ihnen folgen bei dieser Geschwindigkeit, und sogar aus den gedämpften Lautsprechern hallt ihm etwas entgegen, das wie der Gesang einer Sirene klingt.

In Marseille vergessen sie das Meer und die Gischt in den Bettlaken eines schäbigen Hotels in der Rue D'Aubagne. Kein Traum, kein Alp, nichts als ein schwerer Schlaf in ihrer ersten richtigen Nacht seit einem Monat.

Als Julien am späten Vormittag aufwacht, sieht er sofort das längliche Paket, das in Packpapier eingewickelt auf der Couch liegt. Paul sitzt neben ihm auf dem Bett und lädt ihn mit einer Kinnbewegung ein, hinzugehen und es zu öffnen.

Das außergewöhnlich schwere Ding ist fast zwei Meter lang. Julien entfernt das Packpapier mit der Behutsamkeit eines Uhrmachers: er hat so eine Ahnung.

– Ich dachte, Venezuela ist vielleicht doch ein bißchen weit. Also habe ich mir gesagt, der Himmel über dem

Aveyron ist bestimmt wunderbar geeignet, um in die Sterne zu blicken. Wir könnten sogar eine Sternwarte errichten, das ist doch dein Beruf, oder? Und Führungen für Kindergruppen veranstalten, das ist schließlich meiner.

Julien hält das Fernrohr im Gleichgewicht auf seinen Schenkeln. Natürlich hat Venezuela ihn nie sonderlich gereizt.

Er sieht schon Tausende von Sternen, die Jupitermonde, die Ringe des Saturn, wie damals an einem Frühlingsabend auf dem Balkon einer abgelegenen Villa inmitten der Natur, einige Kilometer von Millau entfernt.

Julies Mittagsstunde

Julie erwacht kurz vor Tagesanbruch. Der Himmel färbt sich gerade weiß. Wie gewöhnlich schläft ihr Mann in einiger Distanz zu ihr, am äußersten Rand des Bettes. Ohne Decke, auf dem Bauch. Sie achtet darauf, sich nicht zu bewegen.

Wie lange schon sind ihre und seine Haut sich so fremd? Sie wünschte, er würde ganz nahe liegen, seinen Arm um ihre Schultern gelegt, ihretwegen auch rein mechanisch, wie es normal ist bei einem Paar nach zwanzig Jahren des Zusammenlebens, siebzehn davon als Eheleute. Aber nein. Er läßt seine Arme neben seinem Körper liegen, und nur einmal pro Woche kommt er und legt sich zu ihr, und sein Herz ist nicht bei der Sache.

Eine Wand hat sich aufgebaut zwischen ihren beiden Körpern, mitten im Bett, wo der Platz ohnehin knapp ist, und sie wird dicker von Tag zu Tag. Mit bloßem Auge kann man sie freilich nicht erkennen. Mehr als ein Streifen der Decke, der ihre Schenkel, ihre Oberkörper scheidet, liegt nicht zwischen ihnen. Manchmal versucht sie, die Wand zu überwinden. Sie streckt die Hand aus nach der Haut, die, wie sie weiß, noch duftet, sie schmiegt sich im Schutz der Nacht an seinen breiten Rücken, sie tut es fast verstohlen, täuscht eine unwillkürliche Bewegung im Schlaf vor, schleicht sich mit indianischer Vorsicht an, aber das Ergebnis ist jedesmal dasselbe, er rückt ab und schiebt seinen

Körper, seine Knochen an den äußersten Rand auf die Gefahr hin, aus dem Bett zu fallen; und sofern er halbwegs wach ist, versetzt er mit schläfriger Stimme, ihm sei zu heiß, er sei müde, sie bewege sich zu viel.

Und jeden Morgen erwacht sie vor ihm in ihrer Mulde des Bettes, allein, manchmal mehr, manchmal weniger traurig, je nachdem, ob er am Abend bei ihr war oder nicht. Sie weiß, es ist sinnlos, mit ihm darüber zu sprechen, sie hat es mehrmals versucht, und heraus kam im Grunde immer das gleiche, eine Versöhnung in den Kissen und Versprechungen, die zwei Tage später schon wieder vergessen waren. Wozu soll sie es jeden Tag von neuem versuchen? Sie fragt sich, wie sie dahin kommen konnten. Sie haben sich auch heute noch etwas zu sagen, Geschichten aus dem Büro, gemeinsame Erinnerungen, manchmal sogar Pläne und meist Sorgen um die beiden Töchter, die auf dem Festland studieren.

Vielleicht liegt es an ihr, ihrer Haut, die verwelkt, während er seine jede Woche eine Stunde lang bräunen läßt, am Strand oder mit einem Großaufgebot an UV-Strahlen, ihren Brüsten, die nicht mehr so straff sind wie früher, ihren Augen, die müder, ihren Lippen, die weniger sinnlich sind, ihrem Haar, das sie kurzgeschnitten trägt, ihren Händen, die trotz der vielen Pflege immer knöcherner werden? Sie weiß es nicht. Sie mag die Falten rund um seine Augen, seine lichtere Stirn, seinen leichten Bauch, seine Fettpolster an der Hüfte, seine geschwollenen Lider. Sie versteht nicht, warum diese Wand durchs Bett geht, sie möchte sie niederreißen, aber ihre Mittel sind begrenzt, wenn ihr Körper ihm nichts mehr sagt, ihm nicht mehr die Träume zuflüstert, die er früher so gern hörte, ihm all die Geschichten nicht mehr erzählt, die ihn lebendig machten. Weinen? Flehen? Sich von jugendlicher Leidenschaft hinreißen lassen? Alles in ihr wehrt sich dagegen. Ihr Herz, ihre Muskeln, ihre Augen, ihre Tränendrüsen. Aus dem Alter für derlei Gefühlsaufwallungen ist sie heraus.

Heute morgen unternimmt sie noch einen Versuch. Ihm zugewandt, sendet sie mit weit geöffneten Augen ihren rechten Fuß zur Erkundung in fremdes Land. Die Decke legt sich in Falten, und fünf Zehen erscheinen in der schußfreien Zone. Sie sind weit weg, ihre kleinen Boten, die irgendein Wind aufgescheucht hat, aber es sind doch ihre, sie sehen heute noch aus wie damals, als er sie zum ersten Mal sah und gleich liebgewann, weil sie so weiß waren. Millimeterweise nähern sie sich dem Fleisch seiner Wade. Er rührt sich nicht. Er schläft den Schlaf des Gerechten.

Ihr bleibt nicht viel Zeit: Um sieben Uhr, und dafür braucht er keinen Wecker, keinen Sonnenstrahl, erwacht er mit einem Gähnen, streckt sich unweigerlich und springt aus dem Bett, als wäre es mit vergifteten Dornen übersät.

Sie schickt ihren Fuß weiter, jede Zehenlänge, die sie an Terrain gewinnt, läßt sie zittern, und sie beobachtet ihn aus dem Augenwinkel: sein Rücken hebt und senkt sich mit schöner Regelmäßigkeit.

Endlich ist ihr Fuß angekommen. Die Wade fühlt sich warm und behaart an, fest und doch weich. Sanft reibt sie ihre Zehe an der Haut im gelobten Land. Sie weiß, ein solcher geraubter Augenblick ist ein kläglicher Aufschub, ein armseliges Rauschmittel, ein Köder, den sie verfolgt wie ein verblendeter Fisch.

Sie hat alle fünf Zehen zwischen seine Haut und die Decke geschoben, als er sich zu regen beginnt. Sieben Uhr, das Beil fällt in die weiße Dämmerung. Sie zieht ihren Fuß zurück und verschanzt sich im eigenen Land, in gebührlichem Abstand von der freien Zone. Lieber führt sie den Rückzug selbst an als abzuwarten, bis er vor der Berührung mit ihr zurückschreckt.

Er erwacht mit einem Gähnen, streckt sich, setzt sich an den Bettrand und steht auf. Sie hat bereits die Augen geschlossen und stellt sich schlafend. Nach so vielen Jahren kann sie durch die geschlossenen Lider hindurchsehen und jede seiner Bewegungen beschreiben. Er geht zum Fenster, zieht den Vorhang ein Stück zurück, schiebt das Kinn vor und wirft einen Blick zum Himmel, so schätzt er das Wetter des kommenden Tages ein. Ist der Himmel blau über dem Col de Teghime, wird es den ganzen Tag strahlend schön sein, ist er schwarz, steht ein Morgengewitter mit vorübergehender Aufheiterung bevor, und ein grauer Himmel verkündet einen grauen Tag. Dann geht er um das Bett herum, ins Bad. Es dauert nur einen Augenblick, aber egal, ob sie die Augen offen oder geschlossen hält, kann sie die allmorgendliche Erektion sehen, die nichts mit ihr zu tun hat. Vor einigen Jahren standen sie gemeinsam auf, gingen gemeinsam ins Bad und legten sich dann noch einmal hin mit einer Tasse Kaffee und frischen Croissants …

Sie weiß ganz genau, was er der Reihe nach alles tut. Er pinkelt, und sein Urin rauscht wie ein Wasserfall, dann öffnet er beide Wasserhähne in der Dusche, prüft die Temperatur, stellt sich, ohne viel nachzudenken, unter den Strahl, wäscht sich, läßt das Wasser währenddessen laufen, weil er sonst die Temperatur neu einstellen müßte, spült die Seife ab, dreht die Hähne zu, steigt aus der Dusche, kümmert sich nicht darum, ob er riesige Pfützen hinterläßt, trocknet sich ab, erst das Gesicht, dann das Haar, dann den restlichen Körper, schaut in den Spiegel, findet sich mäßig anziehend, aber eigentlich nicht so übel, drückt Rasierschaum in seine rechte Hand und verteilt ihn über die linke Wange, das Kinn und die rechte Wange, rasiert sich von oben nach unten, spült den Schaum mit kaltem Wasser ab, legt ein wenig After-shave auf, trocknet sich zu Ende ab und schlüpft in eine Unterhose. An diesem Punkt ist die morgendliche Erektion nur noch Erinnerung.

In der Küche zündet er mit demselben Streichholz das Gas und seine erste Zigarette an. Es ist lange her, da liebten sie sich frühmorgens unter der Dusche und teilten die Zigarette und das Kaffeearoma. Es ist nicht ganz so lange her, da kam er, nachdem er sich angezogen hatte und bevor er das Haus verließ, noch einmal zu ihr und gab ihr einen Kuß auf die Stirn.

Warum steht er so zeitig auf, wo er doch nie besonders früh zur Arbeit ging? Warum wartet er nicht bis acht und steht mit ihr gemeinsam auf? Warum macht er so viele Überstunden, die doch nur ein paar lausige Kröten einbringen? Warum hat er auf den traditionellen Morgenkuß verzichtet?

Sie kann nicht wieder einschlafen. Sie hört entfernt die

Geräusche ihres Mannes zwischen Bad und Küche und spürt in den Zehen ein leises Kribbeln, die weichen Haare seiner Wade, die Wärme seines Körpers … vor dem überstürzten Rückzug.

Das Zimmer ist leer, immer mehr Licht fällt auf die Wände und die weiße Bettwäsche, so viel Platz nur für sie allein, das ganze Bett, die Kissen, die Decke, und noch über das Bett hinaus: das ganze Zimmer, um sich allein zu fühlen.

Der Kaffeegeruch dringt ihr in die Nase wie ein leichtes, duftendes Gift. Etliche Male schon hat er vergessen, ihr eine Tasse übrigzulassen. Gierig schüttet er alles in sich hinein und geht. Sie öffnet die Augen und sieht die Zimmerdecke, riesig und kahl wie eine weite arktische Landschaft bei Blizzard und vierzig Grad unter Null. Sie versucht, Schlittenhunde darin laufen zu lassen, sie mit Iglus, Eskimos, Robben zu bevölkern, aber nichts entsteht, ihre Phantasie liegt darnieder, elend, ohnmächtig, mit knapper Not gelingt es ihr, in einem Deckenriß eine Gletscherspalte zu sehen, einen Anfang vom Ende.

Wenn es um Zerstörung geht und um Abgründe, klappt es besser; aber spielende Kinder im Schnee – das ist nicht zu machen, immer ist da eines, das einen heimtückischen Stein in einem Schneeball versteckt, ein anderes, das sich die Seele aus dem Leib weint, und immer ist in der Mitte ein bißchen Blut.

Der Kaffeegeruch verflüchtigt sich schon, und auch seine Geräusche, das Reiben von Stoff, das Klirren mit Besteck, werden immer schwächer. Vielleicht verscheucht sie der beginnende Tag, der regere Straßenverkehr, der Gesang der Vögel, das Schlagen von Türen, morgendliche Begrüßungen in angemessenem Ton.

Bald wird alles, was sie von ihm kennt oder weiß – seine behaarte Wade, seine Haut, sein Geschlecht, seine Art, den Kaffee umzurühren, die Erinnerungen und die Liebe, ihre Begegnung, ihre Kinder, ihre Kräche, ihre glücklichen Zeiten –, sich verwandeln in das nervenzerreißende Geräusch eines anspringenden Motors. Sie wird hören, wie er wegfährt, verschwindet und zu einem Fremden in Anzug und Krawatte wird, der für eine unbekannte Firma arbeitet, mit lauter unbekannten Leuten, irgendwo in Bastia; sie kennt die Adresse, sie steht ja auf seinen Visitenkarten, aber sie hat nie einen Fuß dorthin gesetzt, und er hat sie auch nie eingeladen, es zu tun.

Der Motor schnurrt, der große Wagen vibriert auf dem Kies im Hof, gleich neben ihrem eigenen, fährt im Rückwärtsgang hinaus auf die Straße der Siedlung, und sie braucht nicht eigens aufzustehen und ans Fenster zu treten, um ihn an der Straßenecke verschwinden zu sehen.

Es ist Tag geworden, und nun ist sie an der Reihe mit denselben Handlungen. Sie führt sie gewissenhaft aus, hält durch das Fenster nach dem Schönwetter Ausschau, regelt die Wassertemperatur, versagt bei der schwierigen Übung, mit demselben Streichholz das Gas und eine Zigarette anzuzünden, schaut in den Spiegel und findet plötzlich, sie sieht älter aus als er, viel müder, zieht sich an, bringt die Schranktür zum Quietschen … Nachdem sie ihren Kaffee getrunken hat, zögert sie aber, geht noch einmal ins Schlafzimmer, betrachtet eine ganze Weile das zerwühlte Bett, das sich hartnäckig weigert, ihr etwas zu sagen, und setzt sich darauf, wie um es zu beleidigen, den Kopf zwischen den Händen, die Ellenbogen auf den Knien. Zum ersten Mal seit langer Zeit stellt sie sich wieder die Frage: Liebe ich ihn? Und sie muß sich eingestehen, ja, sie liebt ihn, sie möchte ihren Lebensabend an seiner Seite verbringen, mit ihm gemeinsam alt und schwach werden, die Kontrolle über den Körper verlieren, die blauen, gelben und roten Pillen schlucken, einmal in der Woche zum Arzt gehen, einfach alles, ja, auch alles Schlimme. Ist es aber vorstellbar, daß er, so stark noch, so sicher seiner Unsterblichkeit, nur einen Hauch von Sehnsucht danach hat?

Sie zögert, packt geistesabwesend ihre Sachen zusammen, stopft in ihre Tasche, was ihr in die Hände fällt, ein Notizheft, einen Lippenstift, ein Röhrchen Aspirin, einige Buntstifte ... Sie wird höchstwahrscheinlich zu spät in die Redaktion kommen, aber wozu soll sie Artikel schreiben, die zu lesen er sich ohnehin nicht mehr die Mühe macht, wieso soll sie ihre Zeit mit Lokalnachrichten, Attentaten, irgendwelchen Mafiageschichten zubringen, wo all diese Berichte doch nur von Rentnern gelesen werden, die nichts anderes haben, wovon sie zehren könnten?

Sie läuft die Treppe hinunter, gleich mehrere Stufen auf einmal, versucht, sich vernünftig zuzureden, ich muß ja wohl arbeiten gehen, Geld verdienen, den Mädchen das Studium bezahlen.

Der Wagen springt sofort an, um ihr zu zeigen, daß auf dieser Welt alles läuft wie geschmiert, alles in bester Ordnung ist und die Tage sich schön aneinanderreihen, wie es sich gehört. Sie legt den Rückwärtsgang ein, die Reifen quietschen auf dem Rollsplitt: Im Rückspiegel sieht sie die Hecke, einen Teil der Siedlung, das Haus der Nachbarn, und doch ist alles düster, entstellt, die senkrechten Linien knicken ein, die Sträucher verbiegen sich im Wind, das Licht wird blasser, über das normale Maß hinaus. Sie läßt die Kupplung zu früh los, und der Motor geht aus, der Wagen bleibt stotternd stehen. Ihr Kopf sinkt auf das Lenkrad, Tränen treten ihr in die Augen.

Samstag, acht Uhr zwei,
Wohnsiedlung La Girelle, Bastia

Sie kann das natürlich nicht wissen, aber im Kofferraum liegt eingerollt eine sechsundzwanzigjährige junge Frau und schläft einen besonders tiefen Schlaf. Die Bewegungen des Wagens können sie nicht wachrütteln. Ihre langen, schlanken Muskeln erstarren langsam; ihre Gelenke verlieren bereits die außerordentliche Geschmeidigkeit, die ihren Bewegungen eine seiltänzerische Anmut und den Eindruck äußerster Zerbrechlichkeit verlieh. Ihre Haut ist dennoch nicht kalt, kaum kühler als zu Lebzeiten. Im Kofferraum ist es stockdunkel, aber da und dort schillern in ihrem Haar bunte Pailletten, solche, wie Mädchen sie abends gern tragen, um wie Fische im Wasser zu glänzen. Die Spuren von Puder an ihren Händen sind fast verschwunden bei den Zärtlichkeiten und auch bei den Ortsveränderungen, die sie widerspruchslos über sich ergehen ließ. Ihre Hände: Bei Licht und mit etwas Aufmerksamkeit könnte man sehen, daß sie für so zarte Arme zu dick sind. Die Finger zu muskulös, die Nägel ganz kurz geschnitten. Bei Licht und mit etwas Aufmerksamkeit könnte man ihre Schulter für eine Düne halten, ihr zerknittertes Kleid für ein verwelktes Blütenblatt, ihr Haar für eine Kohlezeichnung, aber niemand würde sich in ihrem Lächeln täuschen.

Der Kofferraum bleibt geschlossen.

Julie steigt aus dem Wagen und geht noch einmal zurück ins Schlafzimmer, auf der Suche nach dem erstbesten Vorwand. Sie findet ihn in der Küche, in Form seiner Brieftasche, die er dort auf der Anrichte vergessen hat. Sie muß ihr Gedächtnis bemühen, um sich zu erinnern, wo genau sich die Firma befindet, wie sie heißt, in welchem Stock er arbeitet.

Sie startet den Wagen erneut und verläßt den überdachten Parkplatz. Die Siedlung hat sich nicht verändert inzwischen, sie ist noch genauso düster, zwei Kinder fahren Skateboard, ein beigefarbener Hund trottet einer alten Frau in einem geblümten Kleid hinterdrein. Julie hört nur das

Geräusch des Motors und, leiser, dasjenige ihres Herzens. Die Straße zieht vorüber als zerstückelte weiße Linie, ein gestrichelter Pfad, dem sie folgen muß bis zum Besitzer der Brieftasche. Labyrinth aus Pfeilen und Beschriftungen.

Das unpersönliche Gebäude der Firma. Der Wagen ihres Mannes steht auf dem Platz mit dem Schild »Kaufmännischer Direktor«, gleich neben dem größeren und sicher teureren Wagen des Generaldirektors. Kaufmännischer Direktor, sieh an, er ist kaufmännischer Direktor.

Es ist fast, als würde ihr Herz nicht mehr schlagen, aber der Eindruck täuscht, es schlägt sehr langsam, oft genug, um sie am Leben zu erhalten, andererseits aber nicht schnell genug, um sie in einen Gefühlsstrudel zu reißen. Während der Kilometer, die sie zurückgelegt hat, ist eine Leere entstanden in ihrem Kopf. Nur eine entfernte, erstickte Stimme dringt jetzt zu ihr, und sie sagt: geh, verschwinde, hau ab, beweg deinen Hintern, willst du warten, bis der Himmel über dir einstürzt, deine Töchter sind groß genug, sie kommen allein zurecht, und das Geld deines Mannes dürfte für beide reichen, die drei Jahre, bis sie endgültig aus dem Haus sind, und außerdem hat er eine Geliebte, eine neue, meine ich, jünger als die davor, eine hübsche, sportliche, du mußt es doch gemerkt haben, so lange, wie das schon geht mit den nicht enden wollenden Bürobesprechungen und den Abrechnungen, die er samstags vormittags erledigen muß.

Die Eingangshalle sieht aus wie die einer Klinik. Weiß gefliest, spärlich eingerichtet, Möbel aus Stahlrohr. Eine üppige Rothaarige empfängt sie mit aufgesetztem Lächeln.

Soll sie sagen: Ich möchte meinen Mann sprechen, wo finde ich ihn? Nein, das wird die Dame nicht wissen, wer ihr Mann ist.

– Ich möchte gern zu Herrn …

– Ja, darf ich fragen, in welcher Angelegenheit?

– Er ist mein Mann. Er hat seine Brieftasche zu Hause vergessen.

– Wenn Sie sich bitte einen Augenblick gedulden wollen …

Und besagter Mann wird herbeigerufen von irgendwo im Hause, über einen der vielen Zweige des Telefonnetzes dieses Unternehmens.

Julie ist verloren. Sie hat versucht, das Flechtwerk der Leitungen zu verfolgen, und fand sich in Gängen wieder, die zu wieder anderen, immer längeren Gängen führten oder zu steilen Treppen, die plötzlich abfielen wie eine Felswand. Diese Firma ist eine Falle, ein Fangnetz für stockdumme Fische, und warum ist sie gestern abend nicht in den Zirkus gegangen, wo sie doch solche Lust dazu hatte, warum ist sie nicht einfach allein gegangen, da er ja nicht mitkommen wollte, vielleicht hätte sie das aus ihrer tödlichen Langeweile gerettet, die Seiltänzer in den schillernden Kostümen, die Clowns, die Trapezkünstler, die Sägespäne in der Manege, die Scheinwerfer, die Pailletten, die Musik, das Zelt, das Lachen, die alten Leute, die kleinen Kinder … Sie hätte allein gehen sollen und ihn seinem dornenübersäten Bett überlassen, seinen Träumen von Jugend und seinen Illusionen.

Sie legt die Brieftasche auf die Theke am Empfang und

läuft, läuft, bis sie wieder am Steuer ihres Wagens sitzt. Die Rothaarige ruft ihr nach, Warten Sie, warten Sie, er kommt gleich, aber sie hört sie nicht, sie ist schon weit weg, auf der Flucht …

Das Reisebüro befindet sich in der Hauptstraße von Bastia, gegenüber einer Bäckerei, und sie betritt es, den Mund voller Brösel eines Brocciu-Krapfens, gelassen und entspannt. Der Wagen steht in zweiter Spur, die Alarmblinkanlage ist eingeschaltet, was einen Polizisten nicht hindert, einen sorgfältig ausgefüllten Strafzettel unter die Scheibenwischer zu klemmen.

Egal wohin, weit weg, sofort, nur den Hinflug. Und Sie haben wirklich keine Vorstellung, wohin es ungefähr gehen soll? Naja, vielleicht, ich habe immer von Südamerika geträumt, ich meine, vor langer Zeit habe ich davon geträumt, Argentinien oder Chile, Feuerland, haben Sie etwas in dieser Richtung? Mal sehen, ja, mit Umsteigen zwar, aber es geht, eine Zwischenlandung in Paris, ein zweiter Aufenthalt in Rio de Janeiro, im ganzen sind Sie zwanzig Stunden unterwegs, Abflug heute um dreizehn Uhr dreißig, Sie dürfen zwanzig Kilo Gepäck mitnehmen, ein Visum können sie sich an Ort und Stelle von der französischen Botschaft ausstellen lassen, falls sie länger als drei Monate bleiben wollen, ich kann Ihnen auch eine Broschüre mitgeben, es stehen nützliche Dinge drin, sprechen Sie spanisch?

Mit dem Ticket in der Tasche steigt sie wieder in den Wagen und fährt los, ohne den Polizisten zu beachten, der ihr nachbrüllt. Das Haus am Ende der Siedlung ist tödlich leer. Ein Hund bellt; der Wind ist drückend heißer, feuchter Luft gewichen.

Sie holt die beiden Koffer aus dem Schrank und macht sich nicht mal die Mühe, den Staub abzuwischen, der sich darauf angesammelt hat. Sie wirft wahllos das Nötigste hinein, Zahnbürste, Zahnpasta, Handschuhe, Socken, Unterwäsche, T-Shirts, verzichtet auf voluminöse Kleider und Abendgarderobe, nimmt allerdings ihr Notizbuch und Schreibzeug mit, auch einen Photoapparat und Wanderschuhe. Soll sie eine Nachricht hinterlassen? Nein. Vielleicht schreibt sie ihren Töchtern später eine Ansichtskarte von dort: Tut mir leid, diese überstürzte Abreise, ich konnte nicht anders, Argentinien ist ein wundervolles Land, mir geht es gut, sorgt euch nicht, keine Adresse, keine Telefonnummer. Er wird sich sehr rasch an sein neues Leben gewöhnen. Er wird nicht mal sonderlich überrascht sein. Sie denkt schon nicht mehr an ihn.

Um elf Uhr dreißig rast sie los, nachdem sie sich vergewissert hat, daß Reisepaß und Kreditkarte in ihrer Tasche sind. Es ist Essenszeit, und die Straße zum Flughafen ist kaum befahren.

Auf dem Parkplatz wählt sie eine etwas abgelegene Stelle unter einer Tamariske, stellt den Motor ab, wirft einen flüchtigen Blick in den Rückspiegel, nimmt die beiden Koffer vom Nebensitz und steuert mit eiligen Schritten auf die Abflughalle zu.

Um zwölf Uhr vierzig geht sie an Bord der Maschine nach Paris. Neben ihr ein junger Argentinier um die dreißig, der dieselbe Reise antritt: Seine Eltern sind vor vierzig

Jahren nach Argentinien ausgewandert und dann zurückgekommen, um ihren Lebensabend in Saint-Florent zu verbringen. Er kommt jeden Sommer seit fünf Jahren her, fühlt sich aber in erster Linie als Argentinier und möchte um nichts in der Welt in Frankreich leben.

Nein, es ist nicht so schwierig, an Ort und Stelle Arbeit zu finden, wenn man fließend spanisch und französisch spricht, fürs erste kann die Alliance française eine Hilfe sein, Französischstunden sind sehr gefragt, und wenn Französisch noch dazu Ihre Muttersprache ist ... Er selbst ist Journalist ... Ach, Sie auch ... Ein Buch? Warum nicht? Ich gebe Ihnen die Adresse meiner Zeitung ... Sicher, die Presse ist nicht so frei wie ...

Das Flugzeug steigt auf über der Bucht und zieht sich mit einer Kurve in die Höhe.

Arthur und die Sandalette

Er wacht mitten in der Nacht auf, sein Schädel dröhnt und brummt. Die Laken sind schweißgetränkt, und das Zimmer ist ein unsagbarer Saustall, in dem alles mögliche bunt gewürfelt durcheinanderliegt, Bücher, Platten, Eßbesteck, Yoghurtbecher, Zigarettenschachteln und verschiedene Erinnerungsstücke wie etwa das vergilbe Photo von Aurélia. Wenn er aufsteht, wird er der Länge nach hinschlagen in diesem Schlachtfeld, und wenn er liegenbleibt, wird er ersticken an der abgestandenen Luft der Alpträume, die sein Bett umgeben. Zwischen zwei Übeln wählt er dasjenige, das die geringeren Gefahren birgt.

Sein linker Fuß gleitet vorsichtig in Richtung Teppichboden, während er sich gleichzeitig unter beträchtlicher Anstrengung im Bett aufrichtet, die Schläfen zermürbt vom Dröhnen und Brummen.

Die gestrige Nacht war eine Pein. Dabei hatte er alles auf seiner Seite gehabt, den Wunsch, den Willen, die Ideen, das Material, das Nachlassen der drückenden Hitze, die Ruhe, die mit dem Ende des Sommers wiedergekehrt war. Es war eine schöne Nacht, joderfüllt, voll Meerluft. Er hatte sich an seinen Schreibtisch gesetzt, umgeben von farbigen Wolken und werdenden Träumen. Während er noch sorgfältig seinen Bleistift spitzte, sah er schon Tänzerinnen vor Augen, Porzellanpuppen, Marionetten, Konfettiregen,

Papierschlangen … Die Sätze des Drehbuchautors klangen noch nach in seinem Kopf als zarte Töne, denen Farbe und Strich Leben einhauchen könnten. Auf zweiundsechzig Seiten reines Dahinschweben in Glück, Leichtigkeit, Anmut – dieser Cartoon würde zum Schönsten gehören, das er je gezeichnet hätte.

Leider hatten die Dinge dann eine andere Wendung genommen. Aurélia hatte angerufen, zum zweiten Mal seit ihrer Scheidung vor einem Jahr. Einfach so, um ihn zu fragen, wie es ihm ging. Danach war alles ganz anders, die Stimmung hatte sich völlig verändert, die Nacht war erfüllt von ihrer Gegenwart, ihrem unbezähmbaren Haar, ihrem affektierten Getue. Und er hatte den Fehler begangen, sich ein Glas Whisky einzuschenken. Und dann ein zweites und dann ein drittes, um den Klang ihrer Stimme zu ersäufen, den er nicht vergessen konnte. Schließlich hatte er zu arbeiten versucht. Die ersten Entwürfe waren eher zufriedenstellend, er war gar nicht so sehr aus der Übung gekommen in den zwei Wochen Nichtstun zwischen Strand und Bar.

Aber dann war er irgendwann doch gestrauchelt.

Er hatte das Problem bewußt beiseite geschoben, da er aus Erfahrung wußte, das Wunder könnte geschehen, wenn er nur nicht daran dachte.

Sie sollte Amélie heißen, sie hatte langes schwarzes Haar, eine blasse Haut, sie war die Hauptperson der Geschichte. »Ich überlasse Amélies Weiblichkeit, ihre Art, sich zu bewegen, ihren Blick deiner Phantasie, deine Zeichnungen werden bestimmt mehr sagen als meine Worte«, hatte der Drehbuchautor ihm vor einigen Monaten geschrieben. Heute abend jedoch war es mit seiner Phantasie nicht weit her, und er hätte Worte gebraucht – schwarze Augen, kesse Nase, schmale Brauen, ein Kleid von der und der Farbe, etwas männliche Schultern –, egal was, Worte halt, die ihm den Weg wiesen, den er einschlagen sollte. Hätte er welche bekommen, hätte er sich natürlich nicht daran gehalten, sie aber als Krücken benutzt, vielleicht hätten sie ihm Mut gemacht. Er versuchte wiederholt, dem Zufall etwas zu entlocken, indem er einen Nacken hinwarf, einen Knöchel, ein Handgelenk. Jedesmal gerieten die Proportionen ungeheuerlich, die Linien stumpf, anstatt eine einfache, reizende, ganz natürliche Figur zu erschaffen, brachte er lauter Vamps hervor oder laszive Püppchen oder zickige Gören. Um sechs Uhr früh, nachdem er das zwölfte Glas Whisky getrunken und seinen Bleistift beim frenetischen Überkritzeln eines silikonaufgeblasenen Starletts abgebrochen hatte, packte er all die mißratenen Entwürfe, zerriß sie, stopfte die Schnitzel in den Papierkorb und fiel ins Bett mit einem Gefühl, als hätte sich ihm der Magen umgedreht.

Jetzt ist es fast vier Uhr früh, also muß Samstag sein. Er hat fast einen ganzen Tag verschlafen. Zwei Aspirin gegen den Kater, ein Café Corse, kaltes Wasser ins Gesicht und ein gespielt gleichgültiger Blick auf den überquellenden Papierkorb. Draußen ist es noch stockdunkel. Die Dämmerung wird sich erst in zwei Stunden zeigen.

Seine Wohnung geht auf den Hafen von Bastia, auf die fleckigen Fassaden, das grüne Wasser. Der Strand ist weiter außerhalb, er wird ein gutes Stück laufen müssen.

Hose, Hemd, Jacke, es ist nicht einfach, im Wirrwarr seiner Schränke etwas Sauberes zum Anziehen zu finden.

Die Straßen der Stadt sind leer und blau. Die Laternen werden um sechs Uhr ausgehen. Er trifft vor allem auf Katzen, huschende Schatten zwischen den Mülltonnen und eine Gruppe von Fischern in gelbem Ölzeug.

Die Mauern sind vollgepflastert mit bunten Plakaten, auf denen man inmitten einer Libellenspirale im Vordergrund einen Clown und seltsame Gestalten erkennen kann, Zwerge, Riesen, Seiltänzer, Trapezkünstler. Pailletten und Straß. Die Ansagen eines Lautsprecherwagens haben ihn untertags geweckt. Eine grelle, kreischende Melodie: Der Zirkus Bumerang gibt eine einmalige Vorstellung in Bastia, ein außergewöhnliches Schauspiel für Groß und Klein, wie Sie es noch nie erlebt haben, Trapezkünstler werden Ihnen ungeahnte Schauer über den Rücken jagen, heute abend um neunzehn Uhr, kommen Sie zahlreich, es ist für jeden Geschmack etwas dabei, ein Ereignis für die ganze Familie!

Diese einmalige Vorstellung des Zirkus Bumerang hat er also verschlafen, betäubt vom Whisky, umringt von totgeborenen Figuren. Diese Plakate sind tausend Jahre alt, denkt er, seit tausend Jahren ist Zirkus das: dicke rote Buchstaben, Sammelsurium der Mitwirkenden, gestreiftes Zelt, Sägemehl in der Manege, künstliche Sterne, Blechmusik, Grimassen, die den Kindern Angst einjagen, und, noch schlimmer, dressierte Tiere, die zwischen Feuerringen hin- und herspringen wie Mäuse. Seit tausend Jahren fahren Lautsprecherwagen umher, um denen, die es gern glauben wollen, das außergewöhnliche Ereignis zu verkünden.

Das Meer ist heute morgen glatter als ein See. Kein Lüftchen geht, kein Fältchen kräuselt das Wasser. Er zieht Schuhe und Socken aus und legt sie hinter einen Felsen. Der kalte Sand rieselt ihm durch die Zehen, der Strand sieht aus wie ein weitläufiger japanischer Garten, die Stadtverwaltung hat wohl die halbe Nacht lang den Sand gereinigt und gerecht. Er blickt zurück auf seine Fußspuren, die ihm bis zum Wasser folgen. Das Meer ist warm, es kühlt kaum ab über Nacht. Hier eine bröckelige Sandburg, dort eine halbvergrabene Bierdose. Im Winter findet man hier nichts als die vom Wind entwurzelten Neptunsgräser und eine gedrängtere Stille, dichtere Gerüche.

Am Rand zwischen Wasser und Sand liegt, von ihrer Besitzerin vergessen, eine rote Sandalette und stellt die Aschenputtelfalle. Er bückt sich, hebt sie auf und wirft sie hinaus aufs Meer. Sie treibt auf dem Wasser. Wo mag die zweite hingekommen sein? Fortgetragen von der Strömung? Eingeklemmt unter einem großen Stein? Und was ist mit dem Fuß, den sie eine Zeitlang umschlossen haben muß, am Ende eines schlafenden Körpers?

Er setzt sich, die Augen auf die Sandalette geheftet, die in der Strömung schaukelt. Die Nacht lichtet sich schon, und er spielt mit dem Sand vor seinen Füßen, gibt ihm eine Gestalt, ein vergängliches Gesicht.

Schließlich strandet die Sandalette wieder, unmittelbar neben ihm. Größe achtunddreißig, die Marke läßt sich auf der abgetretenen Unterseite nicht mehr entziffern. Die Messingschnalle ist vom Salz noch nicht angegriffen. Der Fußabdruck im Schuh ist deutlich gezeichnet. Er vergleicht ihn mit seinem eigenen im Sand. Länger und breiter. Kann ein Abdruck etwas aussagen über eine Frau? Die Sterne erlöschen, er spürt, wie sich der Schlaf auf leisen Sohlen nähert. Er wird eine Menge Sand ins Haar bekommen, aber egal, er streckt sich aus, schaut in den Himmel, fängt an zu träumen.

Ein Löwe erscheint und verflüchtigt sich, ein Möwenzug taucht auf über einem endlosen Strand, dann verwandeln die Schreie der Vögel sich in Kinderschreie vor den Türen eines von bewaffneten Polizisten bewachten Saals; die Türen öffnen sich, und dahinter liegt eine weiße, heiße Wüste …

Als er aufwacht, steht die Sonne genau über ihm. Die Sandalette ist getrocknet. Er setzt sich auf. Morgendliche Badende haben sich die Strandfläche aufgeteilt, und Kinder tollen bereits um einen bunten Ball. Ein Sportsfreund schwimmt zwischen den beiden Kaimauern hin und her, konzentriert auf seine Atmung, gleichgültig gegenüber allem, was sich um ihn ereignet. Ein intensiver Geruch nach Algen liegt in der Luft.

Seine Schuhe stehen noch an ihrem Platz im Schatten des Felsens. Er hat die rote Sandalette, Größe achtunddreißig, mitgenommen, da das Meer sie offenbar nicht wollte. Die Katerstimmung ist nur noch eine schlechte Erinnerung.

Ein Geruch nach ungelüftetem Raum, Alkohol und kaltem Zigarettenrauch schlägt ihm entgegen, er zieht die Vorhänge zurück und öffnet weit die Fenster, stellt dann mechanisch die Kaffeemaschine an. Die Blätter auf seinem

Schreibtisch warten darauf, daß er endlich anfängt. Seine Finger zittern bei der Vorstellung, einen Bleistift zu nehmen.

Der Kaffee ist zu heiß. Der Luftzug läßt die Blätter rings um ihn aufflattern. Er zündet sich eine Zigarette an, sieht zu, wie der Rauch sich in der Luft auflöst.

Die Sandalette vor ihm ist ein anomaler Gegenstand. Ihr Platz ist nicht hier auf seinem Schreibtisch; sie ist eine Provokation, sie wirft Fragen auf. Er fragt sich, wo sie herkommt, wer sie angefertigt, wer sie gekauft, wer sie getragen hat. Der Versuch, sie zu beschreiben, ist unergiebig: serienmäßig erzeugter Schuh, gewöhnliches Leinen, normal verschlissene Sohle, Sandkörner hie und da.

Soll er sie zeichnen ... Ein paar einfache Striche, die Form des Fußes mit der flachen Sohle, dann den Knöchel, zart, aber kräftig, den Ansatz der Wade, die kaum sichtbare Achillessehne ... Er kann nicht einfach so ein einzelnes Bein zeichnen, also wandert der Bleistift wieder hinunter, skizziert den Schatten einer zweiten Sandalette, einen Knöchel, eine feste Wade, ein Knie, zwei Knie, gedrungene Schenkel, die sich stramm anfühlen, ein Sommerkleid, etwas zu kurz, eine Nabelsenke, schließlich die Brüste, die den Stoff leicht spannen, die Schultern, den Hals, das wehende Haar, Augen, die weit aufgerissen die Wellen absuchen nach einer verlorenen Sandalette, nach einer widerstrebenden Erinnerung, leicht geöffnete Lippen, Stupsnase, geschwungene Augenbrauen, Prinzessinnenwimpern – und die Hände, selbstsicher, die Innenflächen geschützt durch eine Mullbinde, dicke Finger, kurzgeschnittene Nägel. Und plötzlich ist sie wirklich da, vom Plakat gesprungen, das tausendfach auf die Mauern der Stadt geklatscht wurde, sie ist da und sie bewegt sich, sie will sich am Trapez festhalten, zu den Sternen fliegen, eine Zehntelsekunde lang über den stehengebliebenen Herzen flattern, in einem Aufstieben von Puder die Stange am anderen Trapez ergreifen und ihren Tanz fortführen. Nichts mehr ist ihr unmöglich auf dem Papier. Sie kann sich in eine Libelle verwandeln, sie kann weinen, schlafen, lieben. Sie ist sehr jung, Amélie, erst ein paar Sekunden am Leben, und schon erfüllt ihr Lachen die Zeichnungen, die sich auf dem weißen Blatt aneinanderreihen. Ein paar Sekunden erst, und schon Seiltänzerin.

Der Indigo-Gecko

Léon entdeckte die Mumie auf dem achten seiner nächtlichen Streifzüge in diesem Sommer.

Léon ist Spezialist für Geckos, Reptilien und Amphibien, die auf Korsika leben. Die günstigsten Bedingungen für ihre Beobachtung sind Ende August gegeben: milde Witterung, klare Nächte, plötzliche, heftige Gewitter, massenhaft Insekten.

Das beste Jagdgebiet liegt westlich von Saint-Florent, in der Steinwüste Désert des Agriates. Die meisten Touristen lassen sich von der Piste, die dort über etwa fünfzehn Kilometer zwischen der Landstraße und dem Strand von Saleccia verläuft, abschrecken. Man braucht sich nur ein Stück weit in die Macchia vorzuwagen, um an naturbelassene, von den Menschen unberührte Orte zu gelangen. Die hohe Wildnis des Granit zu erklimmen ist nicht nötig: Geckos und Salamander ziehen das feuchte Klima der Täler vor.

Léon sucht ein Tal nur einmal pro Saison auf. Léon ist nämlich ein alter Grüner (auch wenn ihm nie der Gedanke kam, einen Katalysator in den Auspuff seines Peugeot 104 einbauen zu lassen), und als solcher meint er, die Anwesenheit des Menschen könne das Gleichgewicht eines Ökosystems unter Umständen gefährden. Daher studiert er jedesmal, bevor er eine Wanderung unternimmt, genauestens das Terrain mittels Karten, die er eigens aus Paris kommen läßt. Beschaffenheit des Gesteins, Art der Vegetation, Dichte der darunterliegenden Schicht, Neigungswinkel eines Gefälles, in nichts läßt er sich vom Zufall überraschen. Er macht sich Notizen, liest in den Aufzeichnungen über frühere Besuche nach – Temperaturverhältnisse, beobachtete Tiere, Mondphase undsoweiter. Dann legt er eine Route fest, die der Wissenschaftlichkeit gänzlich entbehrt, ihn aber zum Träumen bringt. Man könnte diese Expeditionen durchaus langweilig finden: Sand, Steine, einige wenige Bäume, Sträucher. Léon aber hat einen Sinn für Details, er nimmt auch dasjenige wahr, das sich erst andeutet oder abzeichnet, er sieht unter den banalen Dingen das Besondere. So häufig, wie er dieses Gelände schon durchstreift hat, müßte er es inzwischen eigentlich wie seine Westentasche kennen. Er kennt es aber, wie er wohl weiß, nur an der Oberfläche. In seiner Essenz entzieht sich das Geheimnis mit jedem Tag aufs neue. Er hat Namen für die Steine: Schiefer, Glimmer, Granit; für die Bäume: Erdbeerbaum, Eiche, Zypresse, auch für die Insekten, die Vögel, die Reptilien. Diese Namen behält er bei, und andere, vollkommen bizarr klingende, erfindet er noch dazu, um sie einem Felsen oder einem windschiefen Baum zu schenken.

Auch verwahrt er tief unten in seiner magischen Kiste ein Geheimnis, das er schon jahrelang liebevoll hütet und mit dem er sich allabendlich in den Schlaf wiegt. Dieses Geheimnis trägt einen Namen, der sich für Nicht-Eingeweihte ein wenig kompliziert anhört, es heißt *Gecko Indigo Leonensis, Léon 1974*, und mißt im ausgewachsenen Zustand gerade mal zwei Zentimeter. Es ist ein blau schillernder, fast durchscheinender Gecko und wird in keinem Handbuch der Zoologie erwähnt. Léon hat ihn vor über zwanzig Jahren in einem der Täler im Désert des Agriates entdeckt, und seither besteht das wahre Ziel all seiner Wanderungen und Expeditionen nur darin, ihm einen Besuch abzustatten. In einer verschließbaren Mappe mit den Initialen G.I.L., welche sich ihrerseits in einem mittels Vorhängeschloß gesicherten Schrank befindet, hat Léon eine mehrere tausend Seiten umfassende Dokumentation angelegt. Die Bezeichnung *Leonensis* erscheint nur einmal, mit Tinte geschrieben, auf jenem Blatt, das er am 27. August 1974 aus einem Taschenkalender gerissen hat, danach heißt es allenthalben nur Indigo-Gecko, mein I.G., wie er ihn zu seiner eigenen Überraschung manchmal nennt.

Zunächst einmal hat er ihn detailgetreu abgebildet. Auf dreißig Seiten zeigen Aquarelle, Gouachen, Skizzen ein wahres Kaleidoskop des Daseins eines Indigo-Geckos, sozusagen von der Wiege bis zur Bahre einschließlich Liebesangelegenheiten und Freßgewohnheiten. Zum Star wurde der Indigo-Gecko aber erst dank der modernen Technik. In der Tat gab Léon am 20. Mai 1985 eine gigantische Summe aus, mehr als das Dreifache seines Monatsgehalts als Laborangestellter, um eine Leica mit Blitz und Makroobjektiv zu erwerben. Bei den ersten Bildern des Indigo-Geckos handelt es sich nicht gerade um Kunstwerke, mit knapper Not sind zwei oder drei scharfe Aufnahmen darunter, trotzdem bewahrt Léon sie auf, weil sie ihn sehr glücklich gemacht haben. Seither hat er sich ständig verbessert, und mittlerweile werden seine vielfältigen Skizzen durch ein Album mit zweihundert Photos ergänzt. Um zu diesem Ergebnis zu gelangen, hat er wohl an die dreihundert hochempfindliche Filme verschossen. Das hat ihn viel Geld gekostet, aber er bereut es nicht. Er steht zu seiner Manie der Monophotographie. Einige dieser zweihundert ausgewählten Sujets sind schlicht sensationell: Paarung, Legen der Eier, Schlüpfen, all das in wechselnder Farbenpracht … Léon wird nicht müde, sich die Abzüge immer wieder anzusehen, und immer wieder ist er zutiefst ergriffen von den winzigen, blau schillernden Schuppen, den schwarzen Augen … Seit einiger Zeit allerdings macht er keine Aufnahmen mehr von seinem Indigo-Gecko. Zwar hat er die Leica immer dabei, auf den Auslöser drückt er aber nur, um ein Insekt einzufangen, eine Blume, die sich unter dem Gewicht eines Tautropfens biegt, einen Scheibenfingergecko, der gerade von einer Eule gefressen wird, einen Frosch …

Nicht, daß er das Interesse an dem Indigo-Gecko verloren hätte, er hat nur mehr oder weniger all seine Geheimnisse ergründet, so daß sein einziges Glück nunmehr darin besteht, ihn einfach leben zu sehen. Paarungszeit, Anzahl der gelegten Eier, Ernährung, Feinde, Lebensraum, all diese Dinge finden sich beschrieben in den zwölf Kapiteln eines vierhundertvierzig Seiten starken Buches, mit dem kleinsten Zeilenabstand getippt. Als Léon seine Entdeckung damals gemacht hatte, studierte er das gesamte Material, das er über Geckos vom Amazonas bis zum indonesischen Dschungel finden konnte: er wollte ganz sicher sein. Heute gibt es für ihn keinen Zweifel mehr. Mag schon sein, daß *Gecko Indigo Leonensis* noch an anderen Orten der Welt vorkommt, aber kein Wissenschaftler hat es irgendwo vermerkt.

Léon bewahrt sein Geheimnis für sich. Niemand hat sein Buch je zu lesen bekommen, und der Indigo-Gecko kann getrost in den Bachbetten im Désert des Agriates unter Steinen sein Leben fristen.

Obschon es nicht mehr allzu viel über seinen Schützling zu entdecken gibt, bereitet Léon seine Expeditionen weiterhin mit der größten Sorgfalt vor, gleichsam als würde er sich auf diese Weise mit ihm verabreden. Wenn er auf eine Karte blickt, kann er allein schon aufgrund der Topographie sagen: Da, da und da werde ich dich finden, und hier wahrscheinlich eine ganze Familie, unter einem Erdbeerbaum. Und in neunzig von hundert Fällen treffen seine Vorhersagen zu …

Jedoch auf diesem achten seiner nächtlichen Streifzüge im August wurde der gewohnte Gang der Dinge durch einen Fremdkörper gestört. Und zwar durch eine Mumie – die mittlerweile, eingewickelt in ihr weißes Leintuch, auf seinem Küchentisch daliegt. Eine Mumie, von der Léon nicht den Blick wenden kann; während er sie nämlich auf seinem Rücken trug, war ihm deutlich geworden, daß es sich um eine außergewöhnliche, ganz und gar unwirkliche Person handeln muß, die geradewegs seiner Phantasie entsprungen sein dürfte.

Eingerichtet hat das Ganze der Zufall.

Wie gewöhnlich hatte Léon gegen halb elf seine Wanderschuhe angezogen, geprüft, ob er auch das nötige Zubehör bei sich hatte, Photoapparat, Notizheft, Karten, Kekse für unterwegs, eine Lupe und andere Kleinigkeiten mehr, die in seinem Brotbeutel vor sich hin rosten. Der Peugeot ließ sich recht bitten, bevor er gütigst ansprang, führte ihn dann aber verläßlich bis zur staubigen Piste, die von Süd nach Nord durch die Steinwüste verläuft. Die Kühlerhaube streifte zwar zwei- oder dreimal einen ungünstig plazierten Felsen, der Motor aber ließ sich entgegen seiner sonstigen Gewohnheit nicht zu irgendwelchen Mätzchen hinreißen.

Nachdem er den Wagen oberhalb eines der sehr feuchten Täler geparkt hatte, schulterte Léon seinen Brotbeutel, schaltete seine Taschenlampe ein und machte sich quer durch die Macchia auf den Weg hinunter ins Tal. Zu diesem Zeitpunkt war es kurz nach ein Uhr früh. Irgendwo am Horizont leuchtete ein roter Mond, so stark, daß es beinah schon künstlich aussah. Léon war guter Dinge, die Siebenwurzstengel krallten sich in seine Hose, unter seinen Füßen rollten die Steine davon, der betäubende Duft des Heidekrauts kroch ihm in die Nase.

Eine Weile folgt das Tal dort dem Verlauf der Straße, bis ihre Wege sich vor einer scharfen Kurve trennen.

Im Lichtschein seiner Taschenlampe überraschte Léon zwei Salamander und eine pustelige Kröte. Der Boden war noch feucht von den Gewittern des Vortags. Vergeblich suchte er nach der griechischen Landschildkröte, die am Rand einer sandigen Brunnenschale ihre Spuren hinterlassen hatte. Sie mußte längst über alle Berge sein. Leicht enttäuscht wanderte er weiter in Richtung Meer mit der Absicht, die Mündung dort sorgfältig zu untersuchen. Genau da, wo Straße und Bachbett auseinanderlaufen, blieb er jedoch plötzlich wie angewurzelt stehen. Im Schein seiner Lampe hatte er etwas aufblitzen sehen, etwas von einem Weiß, wie sie in der Natur nicht vorkam.

Samstag, zwei Uhr elf,
Désert des Agriates

Seine erste Reaktion war, die Lampe zu löschen. Dann wartete er, bis seine Augen sich an das Dunkel gewöhnt hatten. Kein Laut, kein Lufthauch ging durch die Sträucher. Vielleicht ein abenteuerlustiges Pärchen, das hier zeltete? Was er erspäht hatte, sah verflixt nach einem Leintuch aus, nach einer Gestalt in einem Leintuch. Anscheinend hatte das Licht aber niemanden geweckt. Er näherte sich auf Zehenspitzen. In all den Jahren, seit er sich an solchen Orten umtat, hatte er gelernt, so leise zu sein wie ein Indigo-Gecko selbst. Die Gestalt hatte tatsächlich die Form eines Körpers, was ihn seltsamerweise beruhigte. Er wäre dagestanden wie ein alter Depp, wenn er ein junges Pärchen bei irgendwelchen Liebesspielen überrascht hätte.

Er schaltete die Lampe wieder ein und richtete sie direkt auf die Gestalt. Er wußte sofort, daß es sich um eine Frau handelte, und das erste, was ihm in den Sinn kam, war das

Bild einer ägyptischen Priesterin, die wie eine Karyatide den Himmel stützte. Allerdings übersah er deswegen noch lange nicht die beiden Indigo-Geckos, die hier Brotzeit hielten: das weiße Leintuch lockte in der Nacht eine Vielzahl von Insekten an, die den Geckos zum Festschmaus gereichten.

Er kniete neben der Mumie nieder, fing die beiden mit der hohlen Hand ein und ließ sie einige Meter weiter weg wieder frei.

Das Leintuch war mit Kochgarn um den Körper gewickelt. Léon berührte die Gestalt an der Stelle, die am meisten einer Schulter glich. Keinerlei Reaktion. Der Gedanke an eine menschliche Leiche schoß ihm durch den Kopf, dann aber dachte er, daß er hier nur eine Nebenrolle innehatte in einer Geschichte, die sich lediglich in seiner Nähe abspielte und ihn selbst nichts anging.

So einfach kam ihm die Geschichte jedoch nicht davon. Er mußte dieses Gebiet schützen. Fände man hier eine Leiche, wäre es für den Indigo-Gecko mit der Ruhe vorbei, und für ihn auch, denn schließlich war er hier häufig anzutreffen, was Nachforschungen auch sehr bald zutage brächten. Womöglich würde man ihn sogar des gemeinen Mordes bezichtigen; ein alter Sonderling und Eidechsennarr noch dazu ist nachgerade ein idealer Verdächtiger.

Ohne zu zögern, lud Léon die Mumie daher auf seinen Rücken und kletterte wieder hinauf Richtung Straße. Ringsum nichts als Stille, von der Nacht noch verdichtet, und hie und da ein entferntes Zirpen. Er verfluchte hundertmal die Sträucher und losen Steine, die ihn beim Erklimmen der Höhe behinderten, und erreichte die Piste erst nach einem halbstündigen Kampf, in dessen Verlauf er zweimal ausgerutscht und hingefallen war, mitten ins Heidekraut.

Der Körper auf seinem Rücken war weder schwer noch leicht. Er hatte gehofft, durch die Bewegung würde sein Bündel zu neuem Leben erwachen, aber nichts tat sich. Beim Wagen zögerte er. Sollte er die Leiche in den Kofferraum legen und doch noch auf Indigo-Gecko-Suche gehen oder besser schleunigst nach Hause fahren? Er haßte es, eine lang geplante Expedition ausfallen zu lassen. Dann entschied er sich aber doch für die zweite Möglichkeit. Er legte den Körper in den Kofferraum und fuhr Richtung Bastia davon. Sorgen machte er sich mittlerweile keine mehr. Ausgerechnet jetzt würde sie nicht mehr ins Leben zurückkehren.

Er fragte sich nichts. Nicht, wie man sich einer Leiche entledigt. Nicht, wie er sie zunächst einmal überhaupt bis zu seinem Küchentisch schaffen sollte, dem einzigen Platz, an dem sie ausgestreckt liegen konnte. Nicht, was er zu seiner Rechtfertigung sagen sollte, wenn er das Pech hätte, angehalten zu werden. Er sagte sich nur, daß er das einzig Richtige tat und die einzige Möglichkeit, glimpflich davonzukommen, darin bestand, es ganz selbstverständlich zu tun.

Den Körper zu verstecken kam nicht in Frage. Er hatte ihn durch reinen Zufall gefunden, dem Zufall würde er ihn auch wieder überlassen.

Vor seinem Haus parkte er den Wagen an derselben Stelle wie immer, stieg aus, öffnete den Kofferraum, legte sich das Bündel über die Schulter, durchquerte den Garten, betrat das Haus durch die Verandatür und ging in die Küche.

Niemand hatte ihn gesehen. Die Nachbarn schliefen schon und träumten von der letzten Folge der Fernsehserie dieses Sommers, in der endlich der Mord an der Erbin aufgeklärt worden war.

Léon legte die Leiche auf den Tisch und zündete sich zum ersten Mal seit Monaten eine Zigarette an.

Schon seit einer Stunde betrachtet er die Mumie. Er hat sich auf ein wehmütiges Zwiegespräch mit ihr eingelassen, sie zeigt sich aber nicht sonderlich geneigt, etwas zu erwidern.

Zunächst einmal das Leintuch und die Schnur.

Sehr aufschlußreich ist das alles nicht. Wie er vermutet hatte, handelt es sich um Kochgarn. Die Knoten und überhaupt die Art und Weise, wie sie eingewickelt wurde, lassen darauf schließen, daß hier jemand in aller Eile gehandelt hat, jemand, der keine Zeit verlieren wollte. Höchstwahrscheinlich ein Mann, eine Frau kann er sich nicht vorstellen. Obwohl – warum nicht eine Frau?

Etwas beredter ist das Leintuch. Ein Fettfleck auf Höhe

der mutmaßlichen Hüfte: Der Körper hatte auf der Seite gelegen, im Kofferraum eines Wagens, daran besteht kein Zweifel. An mehreren Stellen roter Staub, eingetrockneter Schlamm, grüne Flecke: Der Körper war von der Straße hinuntergeworfen worden ins Tal, er trägt noch die Spuren seines Sturzes quer durch das Gestrüpp bis zu jener Stelle, an der er ihn fand. So weit, so gut.

Auf Höhe der Schulter ein winziger schwarzer Blutfleck. Der Tod dürfte zum Zeitpunkt des Sturzes höchstens einige Stunden zurückgelegen haben, andernfalls hätte ein Dornenstich sie nicht zum Bluten gebracht.

Sie. Eindeutig sie, denn da lugt weiß ein Stück Fleisch aus einer zerrissenen Stelle im Leintuch. Die Haut einer Frau.

Das ist alles. Mehr sagt die Mumie nicht.

Léon zögert. Ein einfacher Handgriff, ein Schnitt mit der Schere würde genügen, und er wüßte, wie das Gesicht der Mumie aussieht, wie ihre Haut beschaffen ist, vielleicht sogar, wie sie starb. Will er das aber wirklich wissen? Was er bereits weiß, könnte ihm schon gefährlich genug werden …

Bevor er wieder losfährt, stürzt er zwei Glas Patrimonio hinunter, randvoll gefüllt. Seine Träume hinterlassen oft einen bitteren Nachgeschmack in seiner Kehle.

Wie er sein Haus betreten hat, so verläßt er es, mit einer Leiche auf dem Buckel. Stille und schwarze Nacht. Er fährt etwa zehn Kilometer. Dann biegt er plötzlich rechts in eine Siedlung, löscht die Scheinwerfer seines Peugeot, stellt den Motor ab.

Die Leiche scheint jetzt weniger zu wiegen. Er wählt willkürlich ein Haus und verläßt an dieser Stelle die Geschichte, gibt sie weiter an eine andere Person, die nicht darum gebeten hat, aber das ist nicht sein Problem.

Das Tor ist unverschlossen. Unter seinen Sohlen knirscht Kies. Kein Hund. Kein neugieriger Nachbar: Alles scheint im Schlummer zu liegen. Und wieder hat er Glück: der Kofferraum des Wagens läßt sich problemlos öffnen. Gerade, als er die Mumie hineinlegen will, rutscht sie zwischen den Falten des Leintuchs hervor, das Kochgarn gibt nach, und der Körper der jungen Frau plumpst zur Gänze mit einem dumpfen Geräusch in den Kofferraum. Léon hält das Leintuch dümmlich in Händen und kann nicht umhin, sie anzusehen. Dunkles Haar, rotes Kleid. Und auf dem Hals Knutschflecken, als hätte ein vampirischer Liebhaber ihr den Tod gebracht. Lippen, die sich auf den Hals legen, ganz zart, dann immer besitzergreifender.

Er hatte sich doch geschworen, nicht hinzusehen. Er schließt den Kofferraumdeckel und geht weg, samt Leintuch und Kochgarn. Beides wird er in einen Müllsack stopfen, unter Gemüseschalen, leere Zigarettenpäckchen, zerknüllte Aufzeichnungen, und alles zusammen wird er den Männern von der Müllabfuhr übergeben.

Er fährt wieder nach Hause; die Bilder tanzen in seinem Kopf. Der Schlaf übermannt ihn auf dem Sofa, mit einer erloschenen Zigarette im Mundwinkel.

Am nächsten Morgen wacht Léon früh auf. Er holt die Dokumentation, die er in Jahren über den Indigo-Gecko angelegt hat, aus dem Schrank, Skizzen, Photos, Notizen, bibliographische Angaben, und wickelt alles zusammen in Packpapier. Jede Erwähnung seines Namens hat er vorsorglich aus den Unterlagen getilgt. Nun muß er nur noch irgendeinen Biologieprofessor ausfindig machen, der sich mit den Arten, die auf Korsika leben, auskennt: Es ist Zeit für sein Geheimnis, auf Wanderschaft zu gehen.

Der Bauch

Bevor er seine Villa auf der Anhöhe verließ, stand Dominique eine ganze Weile vor dem Spiegel im Gang seines Vorzimmers. Wie hatte sein Körper sich derart verändern können? Ihm war, als habe er gestern noch den gut gebauten Kerl erblickt, der jede Art von Kleidung tragen konnte und immer elegant wirkte, mit seinem festen, gebieterischen Gesicht, seinen kräftigen Händen. Ein Kerl, der den Frauen gefiel, ohne daß er ein Wort zu sagen brauchte, der vierundzwanzig Stunden lang ununterbrochen durch die Macchia wandern konnte, ohne eine Spur von Müdigkeit zu empfinden, der durch die Zeit zu gehen schien, wie man einen Spinnwebschleier zerreißt ... Aber jetzt, mit über fünfundsechzig Jahren, ist nicht viel geblieben von dem, was er war oder zu sein glaubte. Nichts an ihm ist unsterblich, nicht einmal seine hellen Augen, die, wie alle sagten, die Farbe des Meeres weit draußen am Horizont hatten. Heute erkennt er sich nicht wieder. Er wagt nicht mehr, sich anzusehen. Und wenn überraschend ein übelmeinender Spiegel, ein Schaufenster oder eine Glasscheibe ihm sein Bild zurückwirft, erschrickt er regelmäßig vor dem Ungeheuer, das er betrachten muß. Er fragt sich sogar, warum die wenigen Freunde und die Passanten auf der Straße nicht davonlaufen, wenn er näherkommt. Sicher fürchten sie sich zu sehr, um davonzulaufen, sie stellen sich wahrscheinlich vor, mächtige Fangarme würden ihren Hals umschlingen und sie höchst unsanft dem gierigen scharfen Schnabel zuführen, oder Klauen würden sie, kaum daß sie sich abwandten, erbarmungslos am Kragen packen. Ja, ein Ungeheuer ist es, das er da im Spiegel sieht, ein Doppelgänger, der ihn mit Entsetzen erfüllt. Einer von der Sorte, die kleine Mädchen mit Bonbons locken oder ihre zarten Knochen in den schummrigsten Winkel irgendeiner Bar schleppen. Sein vorstehender Bauch quillt aus dem Gürtel und rutscht auf die spindeldürren Beine, die ihn kaum tragen können. Vor mittlerweile zwei Jahren hat er sich angewöhnt, im Sitzen zu urinieren, wie eine Frau, und jedesmal wenn er die Hose herunterlassen muß, hält er den Blick zur Decke gerichtet, um nicht zu sehen, wie die wabblige Masse sich ausbreitet. Er lehnt ihn ab, diesen Fleischfortsatz, der nicht zu ihm gehören soll, diesen Parasiten, der auf seine Kosten dick und fett wird. Im Liegen ist es besser, da verteilt sich das Fett fast formschön. Aber trotzdem, das Bett gibt nach, die Matratze sinkt ein. Den Bauch könnte er zur Not noch vergessen, indem er nur geradeaus schaut und den Blick einfach nicht auf diese Ausbeulung senkt ... Wäre da nicht sein Gesicht, das ihm ein ebensolches Bild des Verfalls vorführt. Rasieren ist zu einer täglichen Tortur geworden. Alles verlottert, alles verkommt. Unter seinen Augen haben sich Tränensäcke mit violetten Sprenkeln gebildet. Seine Ohrläppchen sind ausgedehnt, als hätte er lange Zeit schwere Gehänge getragen. Zweimal pro Woche greift er zu einer Schneiderschere, um die Haare zu stutzen, die ihm aus der Nase wachsen, und hin und wieder muß er sich sogar ein, zwei Borsten auf dem Nasenrücken ausreißen. Soll in seinem Alter angeblich ganz normal sein, eine Frage der Hormone … Und in dem Maße, wie ihm die Haare ausfallen – er findet sie büschelweise auf dem Kopfkissen –, läßt die Straffheit seines Gesichtes nach. Seine Wangen sind schlaff, sein Hals ist ein Kropfgebilde. Geplatzte Äderchen da und dort verleiden ihm den Pastis, den er sich trotz allem noch vor zehn genehmigen wird. Geschwollene Lider mit durchscheinenden Adern, blasse Lippen, Zähne, die von Kaffee und Nikotin vergilbt sind, häßlich buschige Augenbrauen, tiefe Falten, ständig glänzende Stirn: ist das wirklich sein Körper? Hat dieser Körper ihn über fünfundsechzig Jahre getragen und gestützt? Seine Hände scheinen es zu verneinen, so sehr haben sie sich verändert mit ihren Wurstfingern und den immerfeuchten Innenflächen. Jawohl, ein Ungeheuer ist er, anders kann man es nicht nennen.

Auf Alkohol, Zigaretten und gutes Essen zu verzichten wäre sicher eine Lösung; aber wozu, wozu soll man in einem Alter, da das Ende naht, an Diät und gesunde Ernährung denken? Er beabsichtigt nicht, mit siebzig den Ärmelkanal zu durchschwimmen! Von seiner Haarfarbe will er gar nicht reden. Er hat es schon lange aufgegeben, die wenigen Strähnen, die ihm noch geblieben sind, zu färben, es sah einfach zu lächerlich aus.

Er fährt mit großer Geschwindigkeit auf der Serpentinenstraße, die nach Bastia hinunterführt. An Fahrsicherheit hat er nicht eingebüßt, auch wenn sein Bauch beinah das Lenkrad berührt.

Gelernt hat er es mit zwölf, in gestohlenen Touristenautos, und seither zählt er nicht mehr mit, wie viele Wagen er schon zu Schrott gefahren hat. Jedesmal hatte er Riesenglück, keinen Kratzer davongetragen, keine Schramme. Nachdem er einfach nur zum Spaß, seinem eigenen und dem seiner Freunde, etwa ein Dutzend Wagen gestohlen hatte, begann er, sie zu verkaufen, an einen Italiener, der sich in Bastia angesiedelt und es hier zu etwas gebracht hatte. Als er vierzehn war, überstiegen seine monatlichen Einkünfte bereits bei weitem die seiner beiden Eltern zusammen. Ein Vetter des Italieners hatte ihn unter seine Fittiche genommen. Er blieb der Boß seiner Bande, erwies aber auch anderen kleinere Dienste, und zwar, dank seiner Größe, seines Geschicks und seines Leichtsinns, enorm erfolgreich. Fünf Jahre später mußte er feststellen, daß sein damaliges Gehalt nur einen Bruchteil dessen betrug, was seine Auftraggeber an ihm verdienten. Damals hatte er noch keine Ahnung vom Geschäft, und vielleicht behielt er deshalb einen flachen Bauch und seine hübsche Gangstervisage. Ein wenig sah er sich als modernen Robin Hood, wenn seine Vorgangsweise auch nicht das geringste gemein hatte mit dem Ehrenkodex eines Gentlemandiebes: er zögerte keineswegs, in die Menge zu schießen.

Bald begriff er, daß es eher gefährlich denn einträglich war, Geld in einem Sparstrumpf zu horten. Das Familienunternehmen, das Hôtel de la Plage, stellte diesbezüglich ein ideales Sprungbrett dar. Die Mama bereitete weiterhin ihre Gerichte zu – Seewolf mit Ingwer auf Meeräsche-Eiern, Seeigelomelette – und tat, als hörte sie all die Gerüchte nicht, und der Papa wurde zur rechten Hand des Sohnes. Nichts erschreckte ihn damals; mit sechzehn meinte er, die Welt in Händen zu halten und sie auspressen zu können wie eine Zitrone. Er konnte abends beim Einbruch in eine Luxusvilla mitmachen, im Morgengrauen gleichzeitig zwei Mädchen lieben, die er in einer Bar aufgelesen hatte, sich nachmittags in ein Finanzproblem vertiefen und mit halbem Ohr den Börsenbericht verfolgen. Seinem Vater wuchs vor Sorge so manches Magengeschwür, er erzitterte schon bei dem Wort Steuerprüfung, und auf das Kommen und Gehen seiner Freundinnen blickte er voll Neid. Das Ergebnis übertraf dennoch alle Hoffnungen. Der italienische Vetter, den man nie zu Gesicht bekam, zeigte sich überaus großzügig. Das Restaurant wurde erneuert und ausgebaut, die Anzahl der Hotelbetten verdoppelt, und mehrere Pensionen in der Stadt wurden dem Hôtel de la Plage unterstellt, dessen tatsächlicher Geschäftsführer gerade mal siebzehn Jahre alt war – und mit sechzehn von der Schule gegangen, angeblich, um den Beruf des Kochs zu erlernen.

Damals konnte er eine Mahlzeit nach der anderen vertilgen, ohne ein Gramm zuzunehmen, zwei Nächte hintereinander durchmachen, Wodka saufen und die Mädchen lieben, und brauchte anschließend nur einige Stunden Schlaf, um wieder in Form zu kommen. Ganz Bastia munkelte, aber niemandem wäre es eingefallen, laut ein Wort zu sagen.

Die väterliche Fassade war den Behörden ausreichend, sofern ein hübscher Gewinn für sie heraussprang. Recht und schlecht machte er seinen Weg, und seine überschüssige Energie baute er auf den neu errichteten Tennisplätzen ab.

Da, wo die Straße in die Bucht mündet, verläuft sie in einer scharfen Doppelkurve, erst links, dann rechts. Dominique bringt die Reifen zum Quietschen. Das verursacht ihm ein Lustgefühl, und die wilden Jahre seiner Jugend flackern kurz auf. Die Reste eines Anwesens, das 1979 samt seinem Besitzer einer außergewöhnlich heftigen Explosion zum Opfer gefallen war, rufen ihm dann aber die allerschlimmste Zeit seines Lebens in Erinnerung. Damals hatte er sich, um einer zerrütteten Ehe zu entgehen, mit Haut und Haar dem Unabhängigkeitskampf verschrieben. Seine Ehe war nicht zu retten gewesen, und seine Geschäfte hatten durch sein plötzliches politisches Interesse stark gelitten. Die Befreiungsbewegung des korsischen Volkes war an persönlichen Interessen und ethischen Differenzen zerbrochen, und er hatte bei der Geschichte sowohl Lieferanten als auch Abnehmer verloren. Er landete nicht gerade in der Gosse, war aber immerhin gezwungen, sich abzusichern. Er hielt es demnach für klug, unter falschem Namen eine kleine, aber feine Villa in Argentinien zu erwerben.

Im Laufe dieser Zeit hatte er seine eigene Verfettung mitangesehen, ohne etwas dagegen zu tun. Es gab so viele Dinge, an die er zu denken hatte, so viele Angelegenheiten, die er regeln mußte…

Nach und nach löste er sein politisches Engagement, und das Geschäft begann wieder zu blühen. Mit dem Tennis fing er aber nicht wieder an, und er verzichtete auch nicht auf sein gelbes Gesöff. Mit zunehmendem Alter hatte er seine frühere Zuversicht verloren, seine Gewißheit, ein Jahr ums andere, eine Steuerprüfung um die andere mühelos zu überstehen. Die Frauen waren immer noch da, an seiner Seite, und verschafften ihm jene Augenblicke heftiger Lustbefriedigung, dank deren er weitermachen konnte, ohne abzustürzen, diejenige aber, die er sich an dieser Stelle gewünscht hätte, wollte nicht einmal mehr seinen Namen hören; sie war mit ihren beiden Jungen in irgendein Flugzeug mit unbekanntem Ziel gestiegen, und er hatte nicht einmal genug Haß in seinem Herzen verspürt, um sie zu verfolgen und zu bestrafen, wie sie es verdient hätte. Seine Leute konnten das nicht fassen und beklagten den Verfall ihres Bosses hinter vorgehaltener Hand. Er tat verzweifelt, als merkte er es nicht.

Sie täuschten sich jedoch, das Unternehmen blühte und gedieh noch lange. Er hatte sich aus den gefährlichen Gewässern, durch die er nur schwer hätte segeln können, rechtzeitig gerettet. Sein Bauch aber schwoll, und er war machtlos dagegen, und darin bestand der wirkliche Verfall, in dieser Ohnmacht des Fleisches, dieser Aufgabe des Körpers.

Die Leute auf der Straße grüßen, wenn der Sportwagen vorbeiflitzt. Er sieht nicht, wie ihre Hände sich heben, er sieht nicht ihr Lächeln; genausowenig hört er die ätzenden Kommentare oder die zwischen den Zähnen hervorgepreßten Beschimpfungen. Er weiß, daß diejenigen, die grüßen, ihn mehr fürchten als lieben, und diejenigen, die ihn beschimpfen, ihn zu sehr fürchten, um die Stimme zu erheben.

Er parkt seinen Wagen an der Hafeneinfahrt auf dem für ihn reservierten Platz.

Der Pastis steht schon bereit auf dem runden Tisch, von dem man das Meer im Hafen überblickt. Hundert Meter zu Fuß zu gehen kostet ihn erhebliche Anstrengung. Als er sich setzt, quellen seine Schenkel beiderseits über den Stuhl. Als er den Kopf dreht, spürt er, wie sein Kropf wakkelt. Nur nicht daran denken. Der Alkohol hilft ihm vergessen, leider verschlimmert sich das Leiden aber noch durch die Medizin.

Plötzlich wird sein Blick von den schreienden Plakaten angezogen, die überall an den Hausmauern kleben. Ein Zirkus in Bastia, der Zirkus Bumerang.

– Es beginnt, glaube ich, um halb sieben, Monsieur Dominique.

Das Zelt ist auf dem unbebauten Gelände oberhalb des Bahnhofs aufgestellt worden. Er schwitzt Wasser und Blut, als er es endlich erreicht, verwünscht sich tausendmal, nicht den Wagen genommen zu haben. Sein Bauch kommt aus dem Wabbeln gar nicht mehr heraus.

Der Eintritt kostet für Erwachsene fünfzig Franc, für Kinder zwanzig weniger. Er ist so sehr an seine täglichen Luxuskäufe gewöhnt, daß er sich über diesen Spottpreis nur wundern kann. Das Lächeln der Türsteherin in Colombina-Maske ist von einer anderen Welt. Sie kennt ihn nicht, sicher kommt sie vom Festland, und vom König der Spielhöllen und der Hotels dieser Stadt hat sie nie gehört. Und was man sich so erzählt über ihn, all die Gerüchte, all die Geschichten zum Fürchten, das Märchen vom Menschenfresser, kümmert sie nicht im geringsten. Sie lächelt ihn an, weil er heute abend ein Zuschauer des Zirkus Bumerang ist, ein imposanter, lüsterner zwar, aber doch ein Zuschauer, der wie alle anderen gekommen ist, die Clowns und die Seiltänzer zu sehen.

Er tritt in das spärlich beleuchtete Zelt, in dem ein Geruch nach Schminke und Sägemehl herrscht. Die Kinder flüstern, als befänden sie sich in einer Kirche, und auch die Eltern haben leuchtende Augen.

Er setzt sich etwas abseits hin, in einen dunklen Winkel, wo er nicht auffallen wird. Eine Vogel-Frau mit tiefem blauem Ausschnitt bietet ihm Getränke und Popcorn an. Er wagt nicht abzulehnen aus Angst, alle würden augenblicklich mit dem Finger auf ihn zeigen. Sie lächelt ihm zu, bevor sie im knisternden Geräusch ihres Gefieders entschwindet. Die Sitzreihen füllen sich, bald ist kein einziger Platz mehr frei. Er kann nicht fassen, daß da dicht neben ihm Kinder sitzen, die unverwandt auf die Manege starren. Seine eigenen Kinder hat er nicht aufwachsen sehen.

Die Lichter gehen aus. Die Dämmerung wird zur Nacht. Die Sterne am Himmel beginnen zu blinken. Die Kinder neben ihm zittern vor Angst und Freude zugleich. Er erwartet Löwengebrüll, Gelächter über den Firlefanz der Clowns, Bewunderung für die Akrobaten, die auf dem Rücken schwarzer und weißer Pferde Kunststücke vollführen. Aber etwas vollkommen anderes nimmt da Gestalt an vor seinen Augen, eine Art riesiges Tier mit vielen Köpfen, die einer nach dem anderen in Umnachtung fallen. Der Zirkus Bumerang ist mit keinem anderen Zirkus vergleichbar, den er gekannt hat, als sein Bauch noch flach, als er selbst noch verhältnismäßig unschuldig war.

Musik setzt ein wie Regen, erst leise und fein, dann immer heftiger. Aus dem Sägemehl in der Manege steigen, von den Tönen gestaltet, blaue Nebel und werden in ungleichmäßigen Spiralen gen Himmel geschleudert. Mit Schuppen bedeckte Schemen entstehen, vergehen, erscheinen wieder, und Glühfäden erleuchten sie. In der Ferne grollt der Donner, kommt näher, angeschoben vom Wind. Alle, ob groß, ob klein, krümmen sich zusammen, spüren, wie Lichtkonfetti ihnen über den Rücken rieselt, sehen nach rechts, nach links, versuchen, diesen weißen Schatten, der sie neckt, zu erhaschen, verlieren ihn, finden ihn einige Meter entfernt wieder, um ihn neuerlich zu verlieren. Die blauen Sägespäne färben sich purpurn, die Schattenwesen mimen Menschen, die sich unter dem Gewicht der Sterne verrenken, und sinken plötzlich in den Schwadenteppich, der den Boden bedeckt. Es folgt eine Stille, die jeden Atem jäh aussetzen, jedes Herz stillstehen läßt. Die Welt ist in der Schwebe am Rande des Abgrunds. Es donnert wieder, und der Regen wird zweimal so stark. Die Tänzer, die auf dem Boden liegen, fliegen auf. Sie schwingen sich empor zu den Sternen, erst langsam, dann immer schneller, und finden sich schließlich in zwanzig Metern Höhe in einem grünen Lichtstrahl wieder. In der Mitte befindet sich eine Spinne mit roten Beinen, die ungeachtet des Regens ihr Netz zu spinnen beginnt. Unbeschwert tänzeln zehn Libellen zwischen den Tropfen und zeichnen Phantasiebahnen in den Himmel. Bald gesellen sich zu diesem Ballett zwei Schmetterlinge, flattern von links nach rechts mit dieser Sicherheit, die ihnen die Behendigkeit ihrer Flügel verleiht. Die Spinne baut indessen unablässig, unbeirrt an ihrer tödlichen Falle. Sechs Fäden hat sie schon zu einem Stern gesponnen und befleißigt sich nun, voll Geduld konzentrische Sechsecke zu spannen; die Libellen, welche sie trunken umtorkeln, würdigt sie keines Blicks. Die Schmetterlinge gehen im Sturzflug hinunter, streifen die Schatten, die im Staub kriechen, und fliegen unversehens wieder zu den Sternen. Die Libellen weichen ihnen aus, scharen sich in einer Ecke zusammen, durchscheinende, hektische Wesen. Eine von ihnen wagt einen spontanen Tanz mit einem Schmetterling. Sie versucht, ihm hoch in den Himmel zu folgen, ihre Flügel tragen sie aber nicht so weit, und sie flattert zu Boden wie ein Blatt im Herbst, den Kopf in den Nacken geworfen. Im Nebel, im Staub versammeln sich Asseln, Schnekken und allerlei Larven um ihren Körper und tragen ihn dann in das Dunkel. Oben hat niemand ihr Verschwinden bemerkt, und andere Libellen, denen ihr Schicksal keine Lehre war, stellen nun ihrerseits den Schmetterlingen nach. Die Spinne, die ihr Netz mittlerweile vollendet hat, nimmt drei von ihnen gefangen; zwei andere versengen sich die Flügel, weil sie zu hoch hinaufwollen. Auf dem Boden beginnen Bäume, Blumen und Pilze zu sprießen. Die kriechenden Schatten sind verschwunden. Die Musik regnet fort, prasselnd oder nieselnd. Die Spinne befreit die Flügel ihrer Opfer und entläßt sie ins Leere. Ein Schmetterling setzt sich auf eine rote Blume, die sich auf der Stelle über ihm schließt. Die letzte Libelle, sehr zart, jünger als die anderen, flattert vorsichtig über dem Netz. Der Schmetterling fliegt herbei, sie zu begrüßen, kommt der Spinne gefährlich nah und entfernt sich. Die kleine blaue Libelle fängt sich wieder, steigt immer höher, reizt die Spinne, neckt den Schmetterling.

Blasses Licht strömt aus einer Luke, die in den Himmel aufgeht, und verbreitet sich. Die Blumen erblühen; dicke Tautropfen bleiben hängen an ihren Blättern oder am Spinnennetz. Eine Libelle und ein Schmetterling führen ihren Tanz fort, nah und näher beieinander, ziehen eine Schleppe aus blauen und grünen Pailletten nach. Das Netz biegt sich unter dem Gewicht der Tropfen. Die Spinne wirft die Körper der toten Libellen ab, doch bald darauf geben die Fäden einer nach dem anderen nach, und auch sie stürzt Hals über Kopf zu Boden. Das Licht wird fahl, die Musik verstummt abermals, die beiden geflügelten Kometen halten inne mitten im Flug. Alles ist weiß und blau und grell.

Die Kinder sitzen blinzelnd da, wie versteinert. Dominique versteht das nicht, auf dem Plakat hatte er doch Clowns und Seiltänzer gesehen. Sicherlich ist er in einen kollektiven Traum geraten, in dem Menschen fremde Formen annehmen, sich in Insekten und pflanzliche Wesen verwandeln …

Das Schauspiel ist noch nicht zu Ende, und der Rest ist ein wilder Reigen clownesker Akrobatenstücke in ständig sich wandelnder Szenerie. Auf Weinen folgt Lachen, und in der Manege vergehen Tage und Jahreszeiten. Und bei jedem Wetter, bei Tag wie bei Nacht verfolgen die Libelle und der Schmetterling einander unausgesetzt in einem luftigen Versteckspiel, das sie auseinanderbringt und wieder näherbringt und doch nie zusammenführt.

Als die Lichter aus- und gleich darauf wieder angehen und die sich verneigenden Artisten beleuchten, sitzen die beiden immer noch oben auf ihren Trapezen. Ein orkanartiger Applaus, vermischt mit Weinen und Lachen, brandet auf und verebbt und kehrt wieder in einem nicht enden wollenden Tosen.

Dominique verläßt als erster das Zelt, die anderen wollen nicht wahrhaben, daß das Schauspiel zu Ende geht, sie sind ganz versunken, sie träumen noch weiter. Er weiß, was ihn erwartet, wozu es also hinausschieben?

Draußen ist Nacht. Lautlose Stille, und er ist allein. Es war ein Augenblick der Gnade, in dem er sich selbst vergessen konnte, wegschieben, was aus ihm geworden ist. Klümpchen von Kindheit in einem Konfettiregen, ein buntes Blitzen, ein bißchen Magie … Jetzt ist es noch schlimmer. Er muß sich stellen, wieder auf die Erde kommen. Nicht wirklich Reue, nicht wirklich Bedauern, eher eine unermeßliche Angst vor der Leere, ein langer, langsamer Absturz in den Stillstand, Verlust der Präzision in den Bewegungen, bleierne Gebärden, schwerer Körper.

Im Rücken spürt er die bunt besprenkelte Menge, die plappernd aus dem Zelt stürmt. Die Straßen sind leer und grau. Er geht bis ans Meer und dann die Küste entlang. Das ist die einzige Möglichkeit: gehen, bis zur Erschöpfung gehen und nur auf den Klang seiner Schritte hören. Als er zurückkommt, ist die Nacht noch dichter geworden, sein Herz schlägt aber so heftig in seiner Brust, daß er nicht die

Muße hat, an Stille zu denken. In der Straße, die er so oft besucht und für die er selbst die Regeln aufgestellt hat, holt er sich ein Mädchen. Sehr jung. Zu jung vielleicht. Sie verzieht nicht, wie er es erwartet hätte, angewidert den Mund. Aber das ist nur Verstellung, sie weiß, wer er ist, und verhält sich danach.

Das Hotel gehört ihm. Sie betreten es durch die Hintertür und gehen direkt auf Zimmer Nummer 267, für das er den Schlüssel besitzt. Das Bett ist ungemacht, aber glücklicherweise ist niemand da. Dabei weiß der Hotelmanager doch genau, daß er dieses Zimmer unter keinen Umständen zu vergeben hat, an niemanden. Nun ja, es sind gut besuchte Tage zu Ende des Sommers, viele Touristen machen in Bastia Station, bevor sie aufs Festland zurückkehren. Das Hotel dürfte restlos ausgebucht sein. Das Mädchen zieht sich aus, zieht ihn aus, anscheinend ist sie nicht entsetzt. Er hat ihr zwei Fünfhundert-Franc-Scheine in die Handtasche gesteckt, offenkundig genug, damit sie es sah und ein wenig guten Willen zeigt. Sie ist frisch, hübsch, und sie macht es sehr sanft. Sehr professionell. Und nachdem sie es gemacht hat, bemerkt er, daß sie zu schön ist und zu zerbrechlich.

Er schickt sie fort, ziemlich grob, weil er nicht weiß, wie er ihr sagen soll, sie möge bleiben, ein bißchen bei ihm bleiben. Sie behält ihr Lächeln bei, als habe sie verstanden. Sie wird wohl verstanden haben, sie hat seinen Bauch berührt.

Die Schachtel vom Nachttisch nehmen, sich eine Zigarette anzünden. Einmal mehr greift er daneben, und das Päckchen fällt zu Boden, unter das Bett.

Freitag, null Uhr fünfzehn,
Hôtel du Large

Unter dem Bett liegt jemand.

Eine junge Frau, zierlich und zart wie jene, die eben ging. Eine Leiche, die noch warm ist und noch nach Liebe riecht. Eine Frau in einem roten Kleid, die ihrem Tod entgegenlächelt. Eine abgestürzte Seiltänzerin.

Er zieht sie aus dem Schatten hervor und legt sie auf das Bett. Er kann nicht umhin, sie anzusehen, mit diesem vagen Blick, den er vorhin auch seiner Liebhaberin geschenkt hat. Die hier ist auch nichts für ihn, sie lebt, sie lebte in einer sehr fernen Welt, der Welt der Jugend und der Träume. Es war ihm nicht einmal vergönnt, ihr Mörder zu sein, ihr letztes Röcheln zu hören. Er hat allerdings nie eine Frau umgebracht, nicht mal in seiner wildesten Zeit; er hätte das nicht tun können. Angesichts der blauen Flecke auf ihrem Hals wird ihm speiübel, er möchte sie rächen, er möchte ihren Mörder, mit zwei Betonklötzen an den Füßen beschwert, in die tiefsten Tiefen des Mittelmeers befördern.

Sie ist noch warm, aber das Herz hat zu schlagen aufgehört. Man kann nichts mehr für sie tun.

Er hat keine Sekunde zu verlieren.

Es ist sonnenklar. Groß ist die Zahl derer, die nach den Besitztümern des alten Paten schielen, der tagein, tagaus ohnehin nichts anderes tut, als seinen schwabbeligen Bauch zu beklagen. Insbesondere eine Familie gibt es da, in der Gier und Geiz anscheinend erblich veranlagt sind. Gut eingefädelt ist der Coup, der ihn zu Fall bringen soll, und an Nutznießern wird es nicht fehlen. Aber einen alten Fuchs trickst man nicht so leicht aus, und Fallen wie diese hat er Hunderte vereitelt und ganz gewiß nicht in der Absicht, ein paar Jahre später dumm hineinzutappen. Ein alter Bandit, der immer verdächtigt und nie behelligt wird, steht plötzlich mit einer Frauenleiche beladen da – das ist ja doch ein bißchen sehr durchsichtig. Es würde ihm ganz und gar nicht passen, auf seine alten Tage des Mordes an einer Frau angeklagt zu werden, wo er sich sein Leben lang mehr oder weniger an die Regeln des Metiers gehalten hat.

Er darf nur nicht den Kopf verlieren. Sie werden wohl bis morgen früh warten, bevor sie ihren anonymen Anruf mit dieser verflixt guten Information tätigen. Aber woher wußten sie? Ja, doch: Sie haben ihn zweifellos beschattet, und dann war es weiter kein Kunststück, herauszufinden, daß er die Gewohnheit hatte, nach seinen Spaziergängen am Meer eine Lolita aufzulesen, mit der er dann auf Zimmer Nummer 267 ging. Wirklich keine Hexerei, obwohl … Einige Phantasie braucht es schon, damit die Sache nicht allzu durchsichtig erscheint. Eine Falle ist wie ein Kunstwerk, die will ausgefeilt werden, die will gut durchdacht und immer wieder verbessert werden. Er rollt sie hastig in das Leintuch, irgendwo im Wagen wird er schon eine Schnur haben, mit der er sie umwinden kann.

Die Gänge sind leer, das Hotel schläft. Er kann sie hinausbringen. Mühelos lädt er sie sich auf die Schultern und geht über die Dienstbotentreppe hinunter. Diese blutigen Anfänger! Er kennt sich hier aus wie in seiner Westentasche, wenn nicht besser. Niemand wird hinter den metallenen Mülleimern nachsehen, es sei denn, sie haben alles geplant und stehen schon da, um ihn zu empfangen. Sieht aber nicht so aus. Er braucht eine Viertelstunde, um den Wagen heraufzuholen. Eine Viertelstunde, wenn er läuft. Und er läuft, mitsamt seinem Bauch, der ihn aus dem Gleichgewicht bringt. Und während er läuft, sieht er noch einmal die Bilder aus dem Zirkus, die Lichter, die Pailletten, die Libelle und den Schmetterling. Er fühlt sich beinah behende.

Als er zurückkommt, sieht er nach, ob auch alles ruhig ist, und lädt schleunigst die Leiche ein. Was hat dieses Mädchen getan, daß sie sich herausnehmen, sie auf solche Weise zu benutzen? Ist sie in einem verbotenen Revier auf den Strich gegangen? Hat sie irrtümlich vergessen, ihren Stoff zu bezahlen? Wollte sie nicht tun, wofür sie bezahlt wurde? Hat sie etwas gesehen, das sie nicht hätte sehen dürfen? Wer weiß ... Besser hätten sie jedenfalls ihn direkt erschossen, das wäre schneller und einfacher gegangen, und alle wären zufrieden gewesen. Sie haben ihre Chance vertan, diese Idioten!

Er fährt sicher und schnell auf den endlosen Serpentinen der Straße nach Saint-Florent. Ein Geruch nach verbranntem Gummi steigt vom Asphalt auf, der Wind weht durch das offene Fenster herein und umspielt sein Gesicht.

Am äußersten Ende der Steinwüste im Désert des Agriates bremst er abrupt am Rande einer Schlucht, steigt bei laufendem Motor aus, übergibt die junge Frau den Sträuchern der Macchia, wendet und fährt mit quietschenden Reifen zurück. Er weiß schon, was er alles zu tun hat: alle vier Reifen wechseln und die alten so schnell wie möglich loswerden, zwei seiner verläßlichsten Leute in das Zimmer Nummer 267 schicken zum Saubermachen, den Geschäftsführer eines Stripteaselokals anrufen, in das er gelegentlich geht, und sicherstellen, daß viele Leute ihn dort schlafend in einem Sessel haben sitzen sehen, und schließlich einen Gegenangriff planen, der an seine besten Zeiten erinnern wird. Vielleicht sogar seine 9 mm überprüfen und wohl auch eine Partie Tennis spielen.

Emilie

– Ich würde gern einmal nach Japan fahren. Angeblich kennen sie dort eine außergewöhnliche Art der Fischzubereitung. Sie schneiden ihn in dünne Scheiben und gestalten das Fleisch zu wahren Kunstwerken. So schön, daß man sich fast scheut, sie zu essen … Was meinst du dazu, Léo? … He! Léo … Ich rede mit dir!

Léo traf Emilie zwei Tage nach seinem siebenten Geburtstag, im Lichtstrahl eines Treppenhauses. Vielmehr: er stürzte sich auf sie mit voller Wucht, unbekümmert um den Grundsatz, dem zufolge man ein Mädchen – außer in Fällen höherer Gewalt – nicht schlagen darf, weil es dabei kaputtgehen könnte. Sein Gemüt war erhitzt worden durch den Zorn eines großen Bruders, der es nicht ertragen kann, wenn man seine kleine Schwester angreift. Und Emilie hatte den Fehler begangen, Cléa als aufgedunsene Dickdarmhaut zu bezeichnen, was jeder Grundlage entbehrte und von einer alten Geschichte aus dem Vorjahr rührte, bei der es um eine durchlöcherte Boje gegangen war. Léo kannte weder Emilie noch die Geschichte von der Dickdarmhaut, das Wenige jedoch, das er mitbekommen hatte, reichte vollkommen aus, ihn in Wut zu bringen. Allerdings hatte er, wie er sich meuchlings auf Emilie warf, keinen Augenblick die Reaktionsfähigkeit dieser Kleinen bedacht und auch nicht ihre ungewöhnliche Kraft. Sie bückte sich blitzartig, packte ihn am Ellenbogen und verhalf ihm zu einem mehrfachen Purzelbaum hinunter bis zum Treppenabsatz, mit dem Popo voran. Überrascht von ihrer eigenen Geschicklichkeit übersah sie dann aber doch, daß er wieder hochkam und auf sie zustürmte wie ein tollwütiger Hund, mit Blut vor dem Mund, die Knie völlig zerschunden.

Obwohl diese sechsjährige Puppe eine wilde Kämpferin war, trug sie eine unerschütterlich gelassene Schönheit zur Schau. Diese zusätzliche Beleidigung konnte Léo nicht ertragen und beschloß, sie auf der Stelle zu zermalmen. Diesmal achtete er auf ausreichenden Halt und packte sie am Kragen. Sie faßte sich rasch, und dann wälzten die beiden sich im Treppenhaus mit verflochtenen Haaren, zähnefletschend und kratzbürstig, Schläge unter die Gürtellinie waren erlaubt. Mittlerweile auf der Außentreppe, verknoteten sie ihre Glieder im Staub zu einem solchen Knäuel, daß sich nicht mehr so einfach sagen ließ, wer die Oberhand gewann. Es war durchaus ein Kampf unter Gleichen. An die zwanzig Zuschauer drängten sich im Treppenhaus, die meisten davon Knirpse zwischen fünf und zehn, am Leibe trugen sie blaue Flecke und schmutzige Kleider. Dieser Radau rief schließlich den Hausmeister auf den Plan, der gar nicht erst versuchte, das Kuddelmuddel zu entwirren, sondern lieber gleich die Eltern zu Hilfe holte. Diese kamen augenblicklich gelaufen, um ihren jeweiligen Sprößling aus dem Geflecht zu lösen. Einen schönen Anblick boten die Kampfhähne nicht: sie waren zerzaust und voll Staub, sie jammerten und sie bluteten. Léos Vater zog seinen Sohn am

Ohr und befahl ihm grob, mitzukommen. Emilies Vater wandte dieselbe Taktik an, traf aber auf mehr Widerstand. So gingen sie, still und mit klopfendem Herzen, hinauf in den fünften Stock. Dort standen sie sich dann, eingeschlossen in der Bibliothek von Léos Eltern, gegenüber, und man hatte sie gewarnt: Schlagt euch, so viel ihr wollt, aber raus dürft ihr erst, wenn ihr entweder tot seid oder Freunde, ihr habt die Wahl.

Und so legte Emilie die Gewohnheit ab, stundenlang im Lichtstrahl des Treppenhauses vor sich hinzuträumen. Stattdessen besuchte sie von nun an unermüdlich die Bibliothek, vorzugsweise dann, wenn die Eltern anderen Dingen nachgingen.

Abwechselnd machten sie einander die Räuberleiter, um an die Bücher zu gelangen, die dem elterlichen Verbot unterlagen. Und sie liebten die Augenblicke der Gefahr, wenn es galt, die mit Strafe belegten Werke rasch verschwinden zu lassen und eine gedeihliche kindliche Beschäftigung vorzutäuschen wie die Lektüre von *Tim und Struppi* oder der *Fünf Freunde.*

Der Räuberleiter gab Léo bei weitem den Vorzug, denn er nutzte diese Gelegenheit, um mit dem Daumen über Emilies Kniekehle zu streichen, ihre mattblasse Haut, hellblau geädert, eine Mestizenhaut, die sie voll Stolz zur Schau trug. Und wenn sie einmal nicht eng aneinandergeschmiegt träge auf dem gelben Sofa lagen und lasen, erzählte sie ihm von ihrer phantastischen Herkunft, während er leis an ihr herumfummelte. Ihr Vater war ein kabylischer Schäfer, ein Berbersoldat, ein verfolgter marokkanischer Schriftsteller, ein tunesischer Koch mit magischen Händen ... Jedesmal kehrten die gleichen Einzelheiten wieder, an denen Léo sich berauschte. Sie gaben Emilies Geschmack seine Würze.

Bisweilen verzichtete er kurzfristig darauf, an ihrer Schulter zu knabbern, bis sie eine angenehmere Lage gefunden hatte und ihm gegebenenfalls einen anderen Teil ihres Körpers darbot. Sie ließ die Hand durch sein Haar gleiten, und oft schlief sie an seine Halsgrube geschmiegt ein. Dann träumten sie denselben Traum von Wellen und Wind.

Noch ehe sie die Schätze der Bibliothek erschöpft hatten, entdeckten sie eine neues Spiel, das sie weiter, viel weiter führen sollte.

Am Ende der Treppe, im zwölften Stock des Hauses, befand sich eine Tür, kleiner als die anderen, mit einem Vorhängeschloß sorgfältig versperrt. Als sie sich einmal hierher geflüchtet hatten, um sich zu küssen, bemerkten sie, daß der Schlüssel steckte. Emilie zügelte Léos Wunsch, diese günstige Gelegenheit gleich beim Schopf zu packen. Sie stürzte die Treppe hinunter, nahm mehrere Stufen auf einmal, stahl zwanzig Franc aus der Geldbörse ihrer Mutter und lief, ein Duplikat anfertigen zu lassen. Als sie zurückkam, steckte sie den Schlüssel wieder ins Schloß und mahnte Léo zur Geduld.

Zwei Tage später beschlossen sie einen Erkundungsgang. Es war neun Uhr. Die Eltern hatten von ihren Pflichten vorübergehend abgelassen, um ins Kino zu gehen. Léo rüstete sich mit einer Taschenlampe und einem Schweizer Messer, während Emilie zwei Tarama-Brote strich.

Der Schlüssel stak nicht mehr im Schloß, und derjenige, der ihn vergessen hatte, ahnte nicht, daß jemand seine Nachlässigkeit ausgenutzt hatte. Hinter der Tür führte eine staubige enge Stiege, beleuchtet von einer nackten Glühbirne, zu einer verrosteten Eisentür. Sie fürchteten schon, sie müßten ihr Abenteuer vorzeitig abbrechen, aber diese Tür erwies sich dann doch als unverschlossen. Und unversehens standen sie auf dem Dach ihres Wohnhauses mitten im Mistral. Kamine und Fernsehantennen bildeten eine Vegetation, und asphaltierter Beton diente als Spielplatz. Eine herrliche Landschaft fanden sie da vor, und Léo preßte seinen Mund fest auf Emilies Lippen. Sie waren nur von Himmel umgeben und konnten das Meer sehen und die Kais am Hafen und den weißen Archipel des Frioul. Eine Stunde lang blieben sie dort oben stehen, aneinander geschmiegt im Kampf gegen Kälte und Wind, bevor sie wieder hinunterstiegen in die Bibliothek.

Sehr bald wurde das Dach zu einer Droge, ohne die sie nicht mehr auskamen. Eine ausgeprägte Vorliebe besaßen sie für die Stunde der Dämmerung, morgens oder abends, egal bei welchem Wetter. Sie gingen heimlich hinauf und blieben stundenlang oben, zumal wenn sie sicher sein konnten, von niemandem überrascht zu werden.

Und dann hatte Emilie die Idee mit dem Spiel.

Es war nicht so sehr ein Spiel, bei dem man Spaß haben konnte. Es war ein Spiel, bei dem man fliegen konnte.

Rund um das Dach führte eine kleine Mauer, circa vierzig Zentimeter hoch und etwa einen Meter breit. Dort hinauf stellten sie sich, ohne in die Leere zu ihren Füßen zu schauen, die sich entlang der zwölf Stockwerke auftat. Der asphaltierte Hof unten bot nichts Aufregendes, den kannten sie bis auf den letzten Stein. Sie hielten einander an der Hand und schauten auf den Horizont. Dann, nach einer Weile, drückte einer die Hand des anderen. Das war das Zeichen. Sie wurden ganz still und schlossen die Augen. Manchmal begann der eine, die andere plötzlich, eine Geschichte vor sich herzusagen.

Bei Sturm war das Spiel gefährlich, gefährlicher noch als nachts, aber gerade dann führte es sie weiter denn je. Eines Tages bei Mistral murmelte Emilie:

– Léo, wir müssen fallen lernen.

Da schauten sie zu ihren Füßen auf den betonierten Hof, die Sandkiste, die Straßenlaternen, die Autos, und dann schlossen sie die Augen. Léo fiel rascher als Emilie. Er sah, wie die Fenster des Hauses vorbeiflogen, manche erleuchtet, andere dunkel, wie der Beton näherkam, er spürte, wie sein Körper sich verrenkte. Emilie schlug dicht neben ihm auf, mit dem Rücken. Sie hatte verkehrt fallen wollen, wissend um den Boden, die Augen jedoch auf die Sterne gerichtet.

Sie öffneten die Augen und sahen einander an, benommen, überrascht, noch am Leben zu sein, mit dem Wissen von nun an, daß solch ein Mißgeschick ihnen nicht mehr widerfahren konnte. Sie standen am Rande der Leere auf einem Bein, und Léo gab Emilie einen langen Kuß. Danach gingen sie zurück in die Bibliothek, und sie wunderten sich, daß sie die Treppe nicht hinaufsteigen mußten.

– Es ist schon unglaublich, wie wenig widerstandsfähig ein menschlicher Körper doch ist. Stell dir vor, er könnte springen wie ein Gummiball …

– Meinst du nicht, sie werden sauer sein, wenn sie morgen überall unsere verspritzten Eingeweide herumliegen sehen?

Das Dachspiel begleitete sie lange. Es übertrug ihnen eine unheilbare Krankheit mit verheerenden Auswirkungen auf ihre Schulnoten. Tagsüber konnten sie ohnehin nur davon träumen, hinaufzugehen und ihre Ration Leere zu atmen, aber auch abends ergab sich die Gelegenheit nur selten: wenn die Eltern abwesend waren. Ihre Phantasie half ihnen über diesen Mangel hinweg. Léo entwickelte eine Vorliebe für einen Stuhl, auf dem er balancierte, Gleichgewichtsübungen ausführte, einen Kopfstand versuchte, während er ihn auf nur zwei Beinen hielt – jeden Tag dachte er sich immer noch spitzfindigere Kunststücke aus. Emilie wiederum flog vom Boden ab und auf den schauderhaften Perserteppich. Sie lernte, lautlos zu landen.

– Deshalb, Léo, sieht es so aus, als würde man gar nicht herunterfallen, nur wegen der Lautlosigkeit.

Die Eltern, die durchaus erkannten, was vor sich ging, suchten nach einer Möglichkeit, ihren Überschuß an Energie zu kanalisieren. Die Turnstunde am Mittwoch schien sich dafür hervorragend zu eignen, und sie schickten die beiden wöchentlich hin – und waren, völlig zu Unrecht, von da an beruhigt. In Wirklichkeit besuchten Léo und Emilie die Turnhalle *Albert Camus* gezählte fünf Mal, bevor sie sich weitläufigere Spielplätze suchten. Den Pflichtübungen konnten sie absolut nichts abgewinnen, und ihre Tollheiten am Barren oder Schwebebalken versetzten den Lehrer in unausgesetzte Besorgnis. Etwas mehr Disziplin! Ich möchte nicht, daß ihr eure Kameraden zu solch aberwitzigen Turnereien verleitet! Ich habe junge Akrobaten gekannt, die es zu etwas brachten, weil sie den Sinn regelmäßiger Übungen einsahen! Ihr zwei könnt später mal höchstens im Zirkus auftreten!

Zirkus. Das schönste, das tollste Wort, das ihnen je begegnen sollte. Aber erst später, erst nach dem ersten Sturz.

Am sechsten Mittwoch schlugen sie nicht mehr den Weg zur Turnhalle ein, sondern durchstreiften die nördlichen Viertel von Marseille, bis der Zufall ihnen ein verlassenes Gebäude vor Augen führte. Emilie kletterte mühelos über den Zaun, und ihr Schutzengel folgte ihr auf dem Fuß. Das Haus stand zum Abbruch bereit, und es herrschte ein herrliches Flair von Verfall. Löchrige Fußböden, herausgerissene Fenster, eingestürzte Treppen. Hier fanden sich eine Reihe von Abenteuern, die nur darauf warteten, ausprobiert zu werden. Die Eisenbalken in zwanzig Metern Höhe waren etwas ganz anderes als die Balken im Turnsaal. Und noch höher oben bot das möwenkotbedeckte sonnenüberflutete Dach ein großartiges Gelände für Rollen und waghalsige Sprünge.

– Matten? Wozu? Fallen können wir doch schon.

Die Eltern erfuhren ziemlich spät, zu spät, von den mutwilligen Streichen ihrer Kinder. Da sie stets begeistert und erschöpft nach Hause kamen, schien alles darauf hinzuweisen, daß die Turnstunde ihren Zweck erfüllte. Außerdem dachten sie sich Geschichten aus und Kameraden, deren Existenz anzuzweifeln niemandem eingefallen wäre.

An dem Tag, als das Haus abgerissen wurde, fügten sie sich ergeben und machten sich auf die Suche nach einem neuen, für ihre Zwecke brauchbaren Ort, ähnlich geheimnisvoll und anregend. Und der, den sie fanden, war so gigantisch, so phantastisch, daß der Mittwoch nicht mehr ausreichte, ihn in all seinen Möglichkeiten zu erkunden.

Mit zwölf Jahren begannen sie die Schule zu schwänzen, und diesmal kamen sie nicht so glimpflich davon. Fünf Jahre Gefangenschaft standen ihnen bevor, Tränen erwarteten sie, Strafen, Nachhilfestunden und ähnliche Qualen mehr. Die Eltern verstanden nun keinen Spaß mehr. Es ging um ihre Zukunft, und zu dieser führten, ob ihnen das paßte oder nicht, Mathematik, Geschichte, Französisch. Emilie mit ihrer außerordentlichen Auffassungsgabe kam besser davon als Léo; in ihm wurde der Abscheu vor dem Lernen um so stärker, je bornierter die Mathelehrer waren, mit denen er es zu tun hatte.

Sie brauchten Wind, sie brauchten Höhe. Die Klassenstühle hielten sie auf dem Boden fest wie Käfer, Schaben, Schnecken. Und der Ort, den sie entdeckt hatten, nahm ihre ganze Aufmerksamkeit in Anspruch.

Der Handelshafen. Eine Ansammlung von Containern, Kränen, Schiffen, Tauen. Ein wahres Labyrinth, in dem sie zu Liliputanern wurden, aber auch eine Art Ödland, in dem die Wirtschaftskrise für das fast völlige Verschwinden der Menschen gesorgt hatte. Wenn sie aufpaßten, konnte sie hier nie jemand erwischen. Und falls doch, hätte es schon eines unerschöpflichen Erfindungsreichtums bedurft, um sie einzufangen, diese beiden Irrlichter, die von der Luft getragen wurden.

Wenn sie nicht gerade Hausarrest hatten oder es ihnen gelang, ihrer strengen Aufsicht zu entkommen, liefen sie deshalb davon, zu den Kais. Dort kletterten sie auf Kräne, seilten sich an den Trossen ab, hüpften von Container zu Container und liebten sich in größtmöglicher Höhe. Ihr Nest befand sich in einem Kranturm, oben auf einem Silo, in der Steuerzentrale eines aufgelegten Schiffes. Sie hatten ständig Rost- und Fettflecke auf ihren Kleidern. Sie bekamen dickere Finger, festere Muskeln. In einem Bootshaus, in dem sie ständig auf dem Gerüst umherkletterten und mit dem Kopf nach unten über den dort gelagerten Mehlsäcken hingen, befestigten sie vier Trapeze. All ihr Erspartes gaben sie dafür aus, sie wollten beste Qualität.

Es kam nie jemand in dieses Bootshaus, es war ein Raum außerhalb der Zeit, mittels schwerer Schlösser abgesondert von der Welt der Menschen, sie aber hatten Zutritt über eine Regenrinne und ein Loch im Blechdach. Sie schwangen durch die Luft, hielten sich mit einer Hand fest, schaukelten von einem Ende zum anderen in der riesigen Halle, schwangen sich von Trapez zu Trapez, immer anmutiger, immer schneller. Sie tauchten ihre Hände in ihre mit Puder gefüllten Taschen, um nicht zu schwitzen. Sie führten Klimmzüge aus, um die nötige Muskelkraft beizubehalten. Sie spazierten über Seile, um die Angst vom Verlust des Gleichgewichts von vornherein zu bannen.

Bis zu dem Tag, an dem Emilie abstürzte, verlief ihre Jugend zwischen beschwerlichen Mathe-Samstagen und unbeschwerten Höhenflügen, deren Gefahren ihnen gar nicht richtig bewußt waren. Ihre Eltern übersahen, was sich da anbahnte. Sie waren nicht strenger als andere Eltern, sie waren nicht sonderlich auf gute Noten erpicht, sie wollten nur das Glück ihrer Kinder und dachten, Erfolg in der Schule sei ein Garant dafür. So predigten sie immer wieder für wenigstens ein Befriedigend in den Hauptfächern. Emilie kam so einigermaßen mit, aber Léo stand das Wasser bis zum Hals. Völlig mit Blindheit geschlagen waren die Eltern allerdings nicht. Sie erkannten die unwandelbare, komplizenhafte Freundschaft der beiden, sie begriffen, daß da etwas anderes war …

Etwas anderes, das über Schulangst und die herkömmlichen Sorgen und Nöte ihres Alters weit hinausging. Gewiß, sie kleideten sich ausgeflippt, trugen verrückte Frisuren, fochten regelmäßig Kämpfe gegen die Akne, aber man sah sie nie auf einer Fete, sie versteckten nie Zigarettenpäckchen oder Pornohefte unter der Matratze … Was dieses Andere war, hätte man mit etwas mehr Abstand unschwer erraten können. An verstreuten Hinweisen fehlte es jedenfalls nicht, Léos übermäßiges Interesse an internationalen Turnwettkämpfen, das Leuchten in Emilies Augen, wenn im Fernsehen ein Zirkusprogramm lief, der leichte Pudergeruch, der in ihren Zimmern hing, die täglichen Übungen, Liegestütze, Bauchübungen, Klimmzüge, die sie gleich nach dem Aufstehen ausführten wie ein Ritual.

Wenn sie nicht gerade Hausarrest hatten, verschwanden sie immer sofort, und niemand wußte, wohin.

– Wir gehen in die Stadt, antworteten sie unerschütterlich.

Ihr erklärtes Lieblingsziel war zwar der Hafen – das verheißungsvolle Dahinfliegen über den Mehlsäcken; ihre wachsende Geschicklichkeit erlaubte ihnen aber auch andere, noch aufregendere Abenteuer. Dachrinnen, Masten, Zäune, Hecken mit oder ohne Stacheldraht waren ihnen Spielplätze ohnegleichen und stellten einfache Möglichkeiten dar, fremde Wohnungen zu betreten. Manche der schönsten Häuser an der Corniche und der Pointe Rouge standen einen Teil des Jahres leer, weil ihre Bewohner im Ausland arbeiteten oder sich auf einem fernen Eiland mit Massagen verwöhnen ließen. In solchen Häusern nahmen sie sich das Wohnrecht, ungeachtet der Hunde und Sicherheitsanlagen. Sie liebten sich in riesigen, von Spiegeln umgebenen Betten, plünderten hummergefüllte Tiefkühltruhen und überquellende Vorratskammern, tranken so manch edlen Tropfen wie Quellwasser, besuchten Bibliotheken, in denen man die obersten Regale normalerweise nur mit einer Leiter erreichte, entdeckten allerlei harmlose Geheimnisse, ließen kleinere Gegenstände mitgehen, ohne in einen wirklichen Klaurausch zu geraten, kleideten sich mehr als einmal in Roben, die sie in den Schränken fanden, streichelten sich in Badezimmern, in denen nur noch goldene Armaturen fehlten, um den Gipfel des schlechten Geschmacks zu erreichen, lasen fremder Leute Tagebücher, verschönerten mit Deckfarben ausgestopfte Tierköpfe, überfütterten Goldfische, bis diese fast starben, hinterließen gute Ratschläge, wie man sich trefflich sperriger Ziergegenstände entledigen konnte, afrikanischer Masken etwa, bunter Kerzenleuchter oder Standuhren, »Souvenir aus dem Jura«. Sie entdeckten einander im Zuge endloser Spielereien, die sie geradewegs ins Erwachsenenalter beförderten, ohne daß sie es merkten. Sie schlangen ihre Körper umeinander. Verflochten sich. Erschufen Labyrinthe. Ließen sich in Abgründe blauen Wassers gleiten, erforschten Neuland. Und dann stürzte Emilie ab, und Léo dachte, es wäre für immer vorbei mit den Nachmittagen in der Freiheit.

Sie hatte sich nicht etwa verschätzt. Oder war abgerutscht. Oder hatte die Trapezstange verfehlt. Sie wärmte sich gerade die Handgelenke, als Léo sah, daß sie erblaßte, sich an den Seilen zu halten versuchte – und fiel. Einfach fiel wie ein toter Körper, ohne jeden Versuch, den Sturz zu bremsen, ohne eine Geste der Hilflosigkeit. Wie ein Stein, wie eine reife Frucht. Der Aufprall hallte lange im Bootshaus nach. Ein dumpfer Aufprall, der Léo im Bauch brannte.

Eine Mehlwolke stob auf und legte sich über den reglosen Körper.

Er war sehr bald bei ihr. Ihre Augen waren geschlossen, ihr Kopf war nach hinten gekippt, ihr Gesicht voll Mehlstaub. Eine Träne zog auf ihrer Wange eine Bahn in die Haut.

Er näherte sich ihrem Mund. Sie atmete. Das abgewinkelte Bein unter dem Körper war wohl gebrochen.

Seine Hände, die sonst nie unsicher waren, die immer wußten, wo sie zugreifen, wo sie sich festhalten sollten, begannen zu zittern. Bei ihr bleiben. Loslaufen und Hilfe holen. Sie Huckepack nehmen. Er wußte nicht, was er tun sollte, er kniete einfach da im Mehl, bewegte sich auf das reglose Gesicht zu, wich zurück, zögerte, sie zu berühren.

Dann entschloß er sich. Er konnte sie nicht fortbringen, solange er nicht wußte, was ihr fehlte. Er lief, er flog, er stürzte beinahe selbst vom Dach.

Die Ambulanz war in einer knappen Viertelstunde da. Sie sprengten die Schlösser im Bootshaus, und die Helfer kletterten auf die Mehlsäcke. Léo brach schluchzend in den Armen eines Feuerwehrmannes zusammen und verlor das Bewußtsein.

Während die beiden ins Krankenhaus La Timone gebracht wurden, warfen die Sicherheitsverantwortlichen der Hafenbehörde fragende Blicke auf die Trapeze. Schleierhaft, wie es diesen Halbwüchsigen hatte gelingen können, durch die Maschen des Überwachungssystems zu schlüpfen und diese Trapeze hier anzubringen! Nein, wirklich, etwas Derartiges war ihnen noch nicht untergekommen, wenn es Einbrecher gewesen wären, das hätten sie ja noch verstehen können, aber Trapezkünstler! Sie hatten ihre Hunde und ihre Sicherheitsvorkehrungen ausgetrickst, aus reiner Höhenlust – derlei überstieg jeden Verstand.

Léo ging mit vierzehn Jahren durch die Hölle, Emilie starb zum ersten Mal mit dreizehneinhalb.

Im Rettungswagen, der mit heulender Sirene und Blaulicht zum Krankenhaus raste, hörte Léo die furchtbarsten Worte seines ganzen Lebens.

Wir verlieren sie, tut etwas, wir verlieren sie.

Emilies Gesicht war weiß wie der Puder an ihren Händen. Ihr Körper schien nach hinten zu kippen.

Wir verlieren sie. Scheiße, macht schnell!

Kaum hatte der Krankenwagen vor der Glastür von La Timone gehalten, schon schoben Männer in grünen Kitteln die Bahre durch endlose Gänge. Zu viel Weiß, zu viel Äther – Léo brach auf dem gefliesten Boden zusammen und ließ seinen Tränen in einer Art Dämmerzustand freien Lauf. Emilie war so fern, ein weißer Wirbel hatte sie verschluckt, fremde Hände berührten, betasteten, transportierten, entkleideten sie, bedeckten sie mit Elektrosensoren, schoben sie tief in Scannerröhren … Und doch trat sie bereits die Rückreise an, verfolgte Schritt für Schritt jede Etappe ihres Sturzes zurück bis zum Trapez über den Mehlsäcken.

Als sie aus dem künstlichen Koma, in das man sie versetzt hatte, erwachte, mußte sie erfahren, daß die Ätherwolke sie noch lange umgeben würde.

Léo lebte eine Woche im Wartesaal des Krankenhauses. Er verließ ihn nur zum Essen. Er schlief auf der Sitzbank unter der Neonleuchte, er blätterte wieder und wieder Frauenmagazine durch, ohne ein Wort zu verstehen; er kaute an den Fingernägeln und zerbiß sich die Innenseite der Wangen.

Die Eltern schienen beruhigt. Emilie hatte von ihrem Sturz nur einen Schienbeinbruch davongetragen, keine Schädelfraktur, keine Verletzung der Wirbelsäule. Und doch konnten die Ärzte ihre Besorgnis nicht verbergen, die um sich griff wie ein Gift. Léo hatte im Krankenwagen gehört, wie sie sagten: Wir verlieren sie. Wir verlieren sie. Wir verlieren sie. Er hatte nichts gesagt. Er wußte, daß etwas vor dem Sturz passiert sein mußte. Emilie konnte nicht einfach so abstürzen. So plötzlich, ohne einen Schrei auszustoßen, ohne wenigstens zu versuchen, sich am Zauberseil festzuhalten, das über ihrem Kopf gespannt war. Nein, sie konnte nicht abstürzen, das entsprach nicht ihrer Gewohnheit. Etwas mußte vor dem Sturz passiert sein, und was es war, wollten die Ärzte herausfinden, sie hatten eine recht klare Vorstellung, was es sein könnte, und sie warteten die Befunde der Zusatzuntersuchungen ab, um ihre Diagnose zu bestätigen.

Was es war, bekam einen Namen, zwei Tage nachdem Emilie aus dem Koma aufgewacht war: Herzfehler. Angeborener, bislang unentdeckter Herzfehler. Das Herz hatte vor dem Sturz zu schlagen aufgehört, das Herz hatte den Sturz überhaupt erst hervorgerufen. Der Aufprall auf die Mehlsäcke hatte es wundersamerweise wieder in Gang gesetzt. Dann war es im Krankenwagen neuerlich stehengeblieben, und die beiden Ärzte hatten rasch genug gehandelt, um es wieder zum Schlagen zu bringen. Nun war alles in Ordnung, man konnte es so sehen. Vom medizinischen Standpunkt aus war nichts zu machen, außer vielleicht, wenn das Herz wieder einmal nicht mehr schlagen wollte, der Versuch einer Transplantation. Vorausgesetzt, ein Spender fand sich zur rechten Zeit. Lebenserwartung: zwischen null und fünfzig Jahren. Unter einer Million Menschen wird einer mit einem solchen Herzfehler geboren. Manche sterben bei der Geburt, manche mit zehn, zwanzig oder fünfzig Jahren. Kommt darauf an. Einziger zu befolgender Rat: Vermeiden übermäßiger Belastung, Einhalten einer geeigneten Diät, kein Alkohol, kein Nikotin, ein ruhiges, geregeltes Leben.

Von ihrem Besuch beim Arzt hatten Emilies Eltern nur einen Satz behalten, der wie ein Fallbeil niedergegangen war: Ihre Tochter wird nicht älter als fünfzig. Sie wird lernen müssen, mit dieser Vorstellung zu leben, und Sie auch.

Angeborener Herzfehler – auch Léo sollte sich an diese Vorstellung gewöhnen: Deine Freundin wird höchstens fünfzig. Wir werden sie verlieren.

Die Ärzte sagten es Emilie. Sie mußte Bescheid wissen.

Ihre Eltern versuchten, ihre Tränen zu verbergen. Sie wollten sich stark zeigen, um ihr Mut zu machen, und sie glaubten, sich selbst auf diese Weise Mut zu machen. Ihre Hände zitterten aber, und die Ringe um ihre Augen verrieten sie.

Emilie schwieg drei Monate lang. Sie weinte nicht, aber sie sprach auch nicht. Léo verschloß sich in die nämliche Stummheit.

Er kam sie jeden Nachmittag besuchen, schmiegte sich an sie, hielt ihre Hand, streichelte ihr Haar. Ihrer beider Platz war nicht in diesem Gebäude, in diesen vier Wänden. Ihr Platz war im Freien, dreißig Meter über dem Boden, in Krantürmen über dem Hafen, in direkter Verbindung zum Himmel.

Drei Monate lang sagte Léo nichts, allmählich sah er jedoch einen Glanz in Emilies Augen zurückkehren, den er gut kannte. So war er denn auch nicht überrascht bei den ersten Worten, die über ihre Lippen kamen und für einen kurzen Augenblick das Grauen, das er im Krankenwagen erlebt hatte, wegwischten.

– Ich bereite mich für den großen Auftritt vor. Vielleicht sterbe ich mit neununddreißig wie Boris Vian, in einem Kinosaal. Ich meine, hoffentlich …

Léo traute sich zu weinen, und wie sie es später noch oft tun sollte, tröstete sie ihn in ihren Armen.

Ihr sechzehntes Jahr verlief ruhig, bestimmt durch Emilies wöchentliche Untersuchungen im Krankenhaus. Der Samstagnachmittag war den Elektroden und dem Äthergeruch geweiht. Da mußte sie durch. Léo begleitete sie nie; allein schon zu wissen, daß sie von Pflegern mit schmeichelnden Stimmen durch alle möglichen Behandlungszimmer geführt wurde, verursachte ihm Brechreiz. Er füllte diese einsamen Nachmittage mit körperlichen Übungen, nach denen er erschöpft auf dem Teppich in seinem Zimmer liegenblieb. Kaum war sie wieder da, kam sie und steckte ihre Nase in seine Achselhöhle, seine Halsgrube, um den Schweißgeruch zu atmen, und es war, als schwebte sie wieder über den Mehlsäcken. Sie weckte ihn, damit er sie liebte, sie warf ihm vor, nicht genügend an sie gedacht zu haben.

Die Eltern verbargen ihre Sorge, so gut sie konnten. Sie versuchten, so zu tun, als sei nichts.

Die Ärzte gaben sich gelassen. Den Sport aus Emilies Leben zu verbannen, davon könne keine Rede sein. In Zukunft würde sie ihre Kräfte eben schonen und sich an weniger extreme Tätigkeiten halten müssen. Sie tat, als spielte sie mit, bis sich der Sturm ein wenig legte. Und nach jedem Besuch im Krankenhaus erweckte die dünne blaue Linie auf dem Diagramm die Illusion einer vorübergehenden Besserung.

Die verstärkten Sicherheitsmaßnahmen konnten Léo nicht davon abhalten, sich hin und wieder am Hafen umzutreiben, in schwindelnde Höhen begab er sich aber nicht mehr. Er schlenderte lediglich über die Kais und sah sich ein bißchen in den Kabinen der Schiffe um, die im Dock lagen. Auch verbrachte er Stunden damit, dem Treiben der Möwen zuzusehen, die Kopfhörer seines Walkman an den Ohren. Seine akrobatischen Leistungen behielt er sich für andere Orte vor, an denen die Erinnerungen nicht diesen Angstgeschmack hatten. Ein Onkel beschäftigte ihn sonntags für Maurerarbeiten, und dort stillte er seinen Hunger auf hohen Leitern.

Auch Emilie versuchte, in Form zu bleiben, vorwiegend im Schutz der Nacht, um ihren Eltern den Schrecken zu ersparen, den sie unweigerlich bekommen hätten. Sie ging auf den Händen kreuz und quer durchs Zimmer, krümmte den Rücken, bis ihr Mund ihre Scham berührte, hielt minutenlang das Gleichgewicht auf einer Stuhllehne, trainierte ihre Unterarmmuskeln mit Hilfe zweier Hanteln, die sie ganz hinten in einem Schrank versteckte. Und das Dachspiel bot einmal mehr Gelegenheit, dem Boden ohne großen Aufwand zu entkommen.

Irgendwann legte sich die Spannung schließlich. Zumindest schien es so. Alle wollten in dem Unfall nur eine schlimme Erinnerung sehen. Dennoch blieb er in den Köpfen und tauchte immer dann auf, wenn es am wenigsten zu erwarten war. Was hätten sie tun sollen, als die Bilder zu vertreiben, indem sie sich zu einem farbigen Traum zwangen? Wie man nachts mit dem klaren Bewußtsein seines eigenen Todes aufwacht, so spürten Léo und Emilies Eltern manchmal, wie ihnen die Tränen kamen, den Blick trübten und einen bitteren Duft über die Dinge verströmten. Dann griffen sie allesamt zur selben Technik, um sie zurückzudrängen: sie drückten das Gesicht ins Kissen und zwangen sich, sich bis in alle Einzelheiten eine reizlose Naturlandschaft vorzustellen. Emilie selbst dachte nie wieder an den Augenblick, in dem sie einmal aus der Welt scheiden müßte, oder vielleicht stellte sie sich unentwegt nur diesen Augenblick vor, machte ihn zu einer unmittelbaren Gegebenheit, mit der ständig zu rechnen war. Léo hatte allmählich Mühe, ihr zu folgen. Sie verlangte, daß sie immerfort redeten, spielten, sich liebten, sangen, lachten, hörten, vorpreschten, um sich ja nie einholen zu lassen. Aber wer hätte schon den Mut aufgebracht, ihr zu sagen, sie solle ruhiger werden, eine Pause machen, ein bißchen schlafen?

Léo steckte noch tief in der Trübsal schwarzer Gedanken, die ihn belagerten, als sie bereits einen Weg fand, die Aufmerksamkeit der Eltern abzulenken und ihre akrobatischen Übungen heimlich wieder aufzunehmen. Eine Zeitungsanzeige warb für einen Yoga- und Entspannungskurs. Léo stellte sich so etwas wie eine New-Age-Gruppe vor, die sich zu Buddhismus und Sophrologie bekannte und in einem schäbigen Turnsaal zusammenkam, um in verrenkten Stellungen unverständliche Phrasen herunterzubeten. Na, wenn er nicht wollte, würde sie eben allein hingehen! Und mit dem elterlichen Segen: der Lotussitz schien auf den ersten Blick keine besonderen Gefahren zu bergen. Einige Wochen vergingen, dann durchschaute Léos reger Geist das Täuschungsmanöver. Gewisse Kleinigkeiten riefen ihn auf den Plan: Emilie nahm am Kursort eine Dusche, bevor sie nach Hause kam, er konnte es in ihren Achselhöhlen riechen, und sie schlief besser, tiefer und fester. Dann begann in ihren Augen ein violettes Strahlen zu leuchten, ein Strahlen, das nur er zu Gesicht bekam, da es in tiefen Glücksmomenten außergewöhnlich stark blitzte. Er beschloß daher, sie zu begleiten. Und er erkannte, daß Yoga, wie es dort praktiziert wurde, nichts gemein hatte mit all den gängigen Klischees, die darüber in Umlauf waren. Das Gegenteil war der Fall. Da war kein mystisch angehauchter Japaner im Kimono, der als »geistiger Führer« fungierte. Da war vielmehr eine mickrige kleine Alte mit nur einem Auge, schroff im Wesen, liebevoll in den Gesten. Unter den Teilnehmern scharten sich keineswegs solch depressive Gestalten, die in muskelkaterfördernden Verrenkungen ihr Heil gefunden hätten. Einige Studenten waren da, ein ehemaliger Beamter der staatlichen Eisenbahnen, ein Physikprofessor und ein arbeitsloses Pärchen, das von der Sozialhilfe lebte. Lotussitz? Vielleicht ein Marketingerfindung, die mit der Mystikmasche arbeitete … In Wirklichkeit handelte es sich um teilweise extreme Übungen. Charlotte, so hieß die Einäugige, redete nicht viel und beschränkte sich auf Anleitungen in bezug auf Haltung, Atmung, Muskelbewegungen. Sie legte den Finger immer genau auf die Schwachstelle.

Léo und Emilie lernten, dicht am Boden zu voltigieren, und altersfleckige Hände unterstützen sie dabei. Léo, der seine anfänglichen Vorbehalte vergessen hatte, arbeitete wie ein Verrückter, um alles zu verstehen, und versuchte vergeblich, den Vorsprung seiner Geliebten aufzuholen.

Übers Jahr lernten sie, ohne daß irgend jemand etwas davon mitbekam, sämtliche Muskeln ihres Körpers unabhängig voneinander zu bewegen. Banale Übungen, unzählige Male wetteifernd wiederholt, enthüllten ihnen bisher ungeahnte Fähigkeiten. Sie staunten nicht schlecht, als sie eines Tages feststellten, daß ihre Bäuche sich miteinander unterhalten konnten. Sie bekamen einen Lachkrampf, der Stunden dauerte, und danach blieben sie halb besinnungslos auf dem Teppich liegen. Die Fülle an Möglichkeiten, die in diesem Spiel lagen, konnten sie nie völlig ausschöpfen.

Charlotte war demnach wohl eine Zauberhexe, die aus uralten Zeiten zu ihnen gekommen war. Vielleicht ahnte sie, was sie trotz ihres schroffen Wesens sein konnte für sie: viel, viel zu viel. Erweckerin von Bewunderung. Sie hatte auf den ersten Blick erkannt, daß die beiden überbegabt waren, besonders Emilie, und sie hatte Versuche mit ihnen angestellt. Es reute sie fast. Und so verschwand sie von einem Tag auf den anderen.

Das leere Haus, das Schild mit der Aufschrift »Zu verkaufen« … sie waren nicht einmal sonderlich überrascht. Sie wußten es noch nicht, aber sie waren bereit.

– Ich möchte überall sein. Ich möchte die Meere befahren, Banken ausrauben, unerforschte Arten entdecken, zeichnen, eine Familie gründen, Liebhaber haben … Ich will, daß es keine unausgefüllte Minute gibt …

Ihr sechzehntes Jahr stand im Zeichen von Charlottes plötzlichem Verschwinden und ihrer Entscheidung, die Schule endgültig aufzugeben. Nichts davon verlief reibungslos. Léo, der anfänglich so abgeneigt gewesen war, vergoß heiße Tränen, als sich herausstellte, daß Charlotte nicht wiederkäme. Er weinte nicht um sie oder um die Yogastunden, sondern weil ohne sie der Gedächtnisschwund schwand. Die Bilder kehrten wieder, das Blaulicht des Krankenwagens, das Heulen der Sirene – und dieser unheilvolle Satz. Wir verlieren sie. Wir verlieren sie bald.

Ihren Wunsch, von der Schule zu gehen, wiederum lehnten die Eltern rundweg ab, und es entspann sich ein Zermürbungskrieg, hin und wieder verschärft durch Tränen und Geschrei. Bei jeder einzelnen Klassenarbeit gaben sie nur noch ein weißes Blatt ab, so daß es im Laufe des Trimesters Vorladungen der Professoren zum Elternsprechtag regnete. Allen war unverständlich, warum diese Kinder, die einen so intelligenten Eindruck machten … so ungeschwätzig … so ruhig, nett … Nichts half. Im Trimesterzeugnis reihte sich ›Nicht genügend‹ an ›Nicht genügend‹, daneben stand oft ein freundlich-ironischer Kommentar:

Gähnende Leere auf einem weißen Blatt scheint Sie nicht gerade in Abgründe zu werfen … Besitzen Sie vielleicht keinen Kugelschreiber? Einzig Léos Zeugnis wies ein Sehr gut auf, in Sport … Emilie ihrerseits war ja vom Turnunterricht »befreit«. Zu ihrem größten Mißfallen.

Als der Direktor sie in die Schule kommen ließ, hatten die Eltern im Grunde bereits aufgegeben. Es gab kein Geschrei mehr am Abend, keine Bestrafungen, nur den verständnislosen Blick, mit dem sie ihre Kinder ansahen, diese jungen Menschen, denen sie gegenübertraten mit dem Gefühl, Fremde vor sich zu haben.

– Offen gesagt, so kann es nicht weitergehen. Sie stören nicht den Unterricht, ihr Verhalten ist nicht aggressiv wie bei anderen Jugendlichen, die mit sich selbst nicht klarkommen. Es liegt aber auf der Hand, daß sie von der Schule genug haben. Sie sind natürlich unzertrennlich, und ich habe nicht einmal versucht, sie in verschiedene Klassen zu stecken. Ich fürchtete zu sehr die Folgen. Wenn man sie darauf anspricht, sagen sie nur, sie wollen nicht mehr zur Schule gehen. Was soll ich denn tun? Wenn sie im zweiten Trimester nicht ein bißchen mehr arbeiten, muß ich sie von der Schule verweisen. Ich hoffe, Sie verstehen mich … Wir haben ja noch andere Schüler. Ich will Ihnen keine Predigt von wegen gutes und schlechtes Beispiel halten, aber es hat natürlich auch damit zu tun …

Emilies Mutter brach in Tränen aus, berichtete schluchzend vom Krankenhaus, den Ärzten, von ihrer Tochter, die seither verständlicherweise nicht mehr dieselbe war, dem Halt, den Léo ihr gab …

Sie versuchten sie dennoch zu einem weiteren Trimester zu überreden. Diesmal mit Diplomatie und Langzeitstrategie. Versucht es doch noch einmal, nur probehalber, bitte, macht uns die Freude.

Bei diesem Kampf wie bei allen anderen Dingen bekam Léo Unterstützung durch Emilie. Er war schon bereit aufzugeben, es sei ja nur eine Frage von zwei, drei Jahren, wenn sie sich Mühe gaben. Sie aber blieb unerschütterlich. Sie habe keine zwei oder drei Jahre zu verlieren. Sie würde es auch allein schaffen, wenn er nicht mitmachen wolle, sie sei groß genug.

Sie rissen aus und kamen eine Woche lang nicht wieder. Es war mitten im Januar, der Mistral schien Marseille von der Landkarte fegen zu wollen. Starr vor Kälte hockten sie die ganze Zeit in einem abgestellten Waggon etwas außerhalb des Bahnhofs Saint-Charles, wurden stündlich von den vorbeifahrenden Lokomotiven geweckt, ernährten sich von Schinkensandwiches und Kaffee, suchten Trost in den rissigen Lippen des anderen.

Niemand verständigte die Polizei. Es war die letzte Schlacht. Es gab kein Geschrei, keine Bestrafung. Nicht einmal Beunruhigung herrschte, nur eine bitterschmerzliche Resignation.

Als sie – übrigens an dem Tag, als der blaue Brief der Schule eintraf – wiederkamen, zitternd, schmutzig, ausgehungert, wurden sie mit offenen Armen aufgenommen. Emilies Eltern luden spontan zu einem großen Couscous ein.

Alles schien gesagt. Als der Abend kam, wagte aber doch jemand die Frage: Und jetzt?

Jetzt war es Zeit, aufzubrechen. Die Welt zu sehen. Menschen zu entdecken, Landschaften. Léo wußte bereits, er würde ihr in all den kommenden Jahren immer nur folgen können; mehr als alles andere fürchtete er, hinterherzutrotten. Er würde all seine Beherztheit, all seinen Opfermut brauchen, um immer voranzugehen. Ihr nur kein Klotz am Bein sein: dieser Satz klang ständig in seinen Ohren, wie ein Leitmotiv.

Eine knappe Woche verging zwischen ihrer Flucht und ihrer Begegnung mit denjenigen, die sich die Freaks nannten.

Emilie wußte, was sie wollte. Die Frage war: Wie konnte sie leben, reisen, die Welt sehen und gleichzeitig die Eroberung des Himmels fortsetzen? Sehr viele Möglichkeiten gab es da nicht – sie konnte Stewardeß werden oder sich einer Gauklertruppe anschließen. Aber sie fürchtete nichts mehr als Flugzeuge, und die Luft, die sollte ihr um die Ohren pfeifen, ins Haar fahren. Und noch eines wußte sie: ohne Léo an ihrer Seite, ohne den Trost seiner Hände hätte sie vielleicht nicht den Mut gefunden, der sie achtzehn Stunden am Tag aufrecht hielt.

Eine Woche lang streiften sie durch die Straßen von Marseille, auf der Suche nach Anzeigen und Plakaten. Sie gestatteten sich einen nächtlichen Besuch bei den Kränen am Hafen und eine Runde durch die Silos. Ihre Flügel wuchsen nach. Noch waren es kleine Stummel unter ihren Schulterblättern, doch bald schon würden sie sich mit Flaum überziehen.

Léo verfolgte das immer intensivere violette Strahlen in

Emilies Augen; und um sich seine Besorgnis nicht anmerken zu lassen, schloß er sie fest in die Arme und küßte sie wild. Das Feld war abgesteckt, die Regeln aufgestellt, es fehlten nur noch die Spieler.

Die Freaks. Komischer Name. Mit dem, was sie auf dem unbebauten Gelände im Norden der Stadt entdeckten, hatten sie nicht gerechnet.

Zwölf Wohnwagen standen einander mehr oder weniger in einer Reihe gegenüber. Dazwischen waren Leinen gespannt, an denen Wäsche trocknete. Einige Kinder, die in unförmigen Mänteln steckten, liefen nicht gerade übereifrig einem Ball hinterher. Trotz ihrer Anwesenheit umgab eine drückende Stille den Platz.

Auf dem Plakat, das sie von einer Telefonzelle abgenommen hatten, stand nur: Die Freaks. Große Attraktion. Außergewöhnliche Darbietungen. Täglich um 19 Uhr, bis 15. Februar.

Es war schon der zwanzigste, und sie hatten die ganze Stadt ablaufen müssen, um die Truppe endlich zu finden. Und nun, da sie vor diesen Wohnwagen standen, konnten sie eine gewisse Enttäuschung nicht verhehlen. Sie wagten nicht, das Wort an irgend jemanden zu richten.

Und doch kamen sie jeden Tag wieder. Zum Auskundschaften, einmal ging der eine, einmal die andere. Nach drei Tagen hatten sie die Bedeutung des Wortes Freaks verstanden. Ein Monstrositätenballett bewegte sich da zwischen den Wohnwagen, ganz selbstverständlich. Drei Liliputaner, ein Mann mit einem Bart, der seinen ganzen Körper bekleidete, ein Riese in ständiger Gesellschaft siamesischer Zwillingsschwestern, eine sehr fette Frau, etwa dreihundert Kilo schwer, ein Einarmiger, ein lebender Torso, eine glashelle, fast durchsichtige Frau, ein blauer Hund, ein junger Mann mit Tätowierungen überall.

Letzteren wagte Emilie irgendwann anzusprechen. Er antwortete mit gesetzter Stimme:

– Wissen Sie, diese Art von Zirkus ist heutzutage nicht mehr so erfolgreich. Wir hätten im Mittelalter leben sollen. Damals hätten unsere Taschen vor Goldstücken geklingelt. Heute sind die Leute auf Technologie aus und Barbie-Puppen mit den Maßen neunzig-sechzig-neunzig, auf schöne Mädchen, wie Sie es sind, verzeihen Sie die freche Bemerkung. Früher hatte auch das Abnormale seine Existenzberechtigung. Aber damit ist es vorbei, heute wollen alle nur Jugend und Schönheit, und wir können ihnen nichts anderes bieten als dieses Abbild ihrer selbst, das sie partout nicht haben wollen. Ich weiß, das klingt verbittert. Aber ein paar arme Spinner gibt es ja noch, die zuschauen kommen, wenn wir unsere pathetischen Verrenkungen vorführen. Ich glaube, es ist Ihnen ernst, und ich sehe schon jetzt, daß Sie begabt sind, aber Sie haben in diesem Zirkus keinerlei Zukunft. Wir machen nur Verlust. In zwei Wochen hatten wir dreihundert Besucher. Davon können wir nicht mal richtig unser Essen und das Benzin für die Wagen bezahlen. Man muß dazusagen, es gab jede Menge Fußballübertragungen im Fernsehen während dieser Zeit. In drei Tagen ziehen wir weiter nach Ungarn und vielleicht auch Polen. Es wird kalt sein und schlammig, aber vielleicht sind die Menschen dort mittelalterlicher veranlagt. Wenn Sie mögen, kommen Sie mit, Gastfreundschaft hat bei uns Tradition. Natürlich müssen Sie auch mit anpacken. Raten würde ich Ihnen aber zu etwas ganz anderem: Bleiben Sie zu Hause bei Ihren Eltern, schreiben Sie sich in einer Zirkusschule ein, damit haben Sie weit größere Chancen. Heutzutage läuft alles über Institutionen.

Mehr brauchte es nicht, um Emilie zu überzeugen, mit ihnen zu ziehen, trotz der Kälte- und Schlammversprechen. Mehr brauchte es nicht, und Léo tat es ihr gleich.

Sie waren knapp sechzehn Jahre alt, und man ließ sie ziehen. Nichts hätte sie zwingen können zu bleiben.

In der ersten Zeit wohnte Léo bei Loïc, dem jungen Mann mit den Tätowierungen, gemeinsam mit dessen engsten Gefährten, zwei der drei Liliputaner. Emilie fand im Wohnwagen der glashellen Annie Unterkunft. Aus einem alten Koffer wurden zwei Trapeze hervorgeholt, die sich eigneten für das etwas behelfsmäßige Zelt der Truppe, an dem die Jahre nicht spurlos vorübergegangen waren. Beim Anblick der Trapeze begann es in ihren Händen zu kribbeln.

Man hatte sie einfach engagiert, ohne zu fragen, was sie überhaupt konnten. In Wirklichkeit ging es mit diesem Zirkus bergab, und es hätte schon eines riesigen Krans bedurft, um ihn wieder hochzuziehen. Trotzdem ging bei ihren ersten Trainingsstunden auf so manchem Gesicht ein Lächeln auf. Sie sahen zwar ganz normal aus, ihr Platz war aber sehr wohl hier, an der Seite der Monströsen. Sie flogen einander entgegen, als wäre der Boden unter ihnen reine Einbildung. Sie wurden richtiggehend in die Luft getragen: irgendwie schien es da nicht mit rechten Dingen zuzugehen.

– Sie werden nicht bei uns bleiben. Jemand wird kommen und sie wegholen. An ein solches Geschenk will ich erst gar nicht glauben.

Eine allzu pessimistische Prophezeiung. Fünf Jahre sollten sie mit den Freaks verbringen, von einem Ende Europas zum anderen ziehen und richtig zur Familie gehören.

Allen war sehr bald klar, daß man sie unmöglich trennen konnte, weder in der Luft noch am Boden, genauso wenig wie die beiden siamesischen Verrenkungskünstlerinnen. Also machte Loïc ihnen eine Ecke in seinem Wohnwagen frei, und die beiden Liliputaner zogen zu Annie. Die Hauptsorge aller, das war den meisten von ihnen zu diesem Zeitpunkt bereits bewußt, würde von nun an darin bestehen, die beiden beim Zirkus zu halten. Sie wurden umsorgt wie Könige. Sie brauchten Rat, nicht in technischen Dingen, aber in Fragen der Inszenierung. Loïc war darin besonders gut. Die anderen wagten kaum, etwas zu sagen, so sehr schienen die beiden aus dem Nichts aufgetaucht als Überbringer einer außergewöhnlichen Gabe. Wenn doch jemand sie fragte, gab Emilie lakonisch zur Antwort: Ich bin einmal abgestürzt. Und Léo fügte geheimnisvoll hinzu: Ich bin aus geringerer Höhe gefallen als sie, aber manchmal ist mir, als fiele ich noch immer. Keiner verstand, wovon sie sprachen.

Sie besuchten Budapest und Prag, Warschau und Minsk. Die Kälte- und Schlammversprechen wurden unerbittlich wahr. Sie wärmten sich gemeinsam auf und erfuhren die Magie in den Blicken der Zuschauer.

Das Zelt füllte sich etwas mehr als in Marseille, von dem erhofften Massenzustrom waren sie jedoch weit entfernt. Ihr Auftritt erntete tosenden Applaus, davon konnten sie die Löcher aber nicht stopfen. Es war ein zusammengewürfelter Zirkus mit ausgebleichten Zeltwänden, mit einer Fanfare, die wie dörfliche Blechmusik klang, mit Artisten, die den Glauben verloren hatten. Loïc war voll Bewunderung für seine beiden Nachwuchstalente, die entdeckungshungrig jede Stadt, durch die sie kamen, bis in den kleinsten Winkel erforschten. Der Verfall der übrigen Truppe sprang dadurch nur um so deutlicher ins Auge. Odette nahm weiterhin krankhaft zu, so daß sie sich ohne fremde Hilfe bald gar nicht mehr fortbewegen konnte. Die glashelle Annie wurde mit jedem Tag durchsichtiger, und Léo wunderte sich, daß er ihre Gesichtszüge überhaupt noch erkennen konnte. Und auch die Liliputaner wurden mit zunehmendem Alter immer noch kleiner und verhutzelter. Sie sahen wie drei schrumpelige Äpfel aus. Gekentert war der Zirkus ja längst, und nun sah Loïc dem Riff entgegen, an dem sie endgültig zerschellen würden.

Emilie flößte jedoch allen voll Tücke eine unverschämte Lebensfreude ein. Fragen stellten sich, überschatteten lange Zeit die Gesichter mit Zweifel und Ungewißheit. Und dann begannen Antworten zu sprießen.

Der Mann mit dem Bart – er hatte schon lange keinen Namen mehr – ließ sich in jedem Dorf, durch das sie kamen, mit einer verheirateten Frau auf ein Abenteuer ein, er, dem man als letztem zugetraut hätte, irgend jemanden zu verführen. Und doch kam der Tag, an dem er verschwand, und die Nachricht, die er hinterließ, deutete unmißverständlich Heiratsabsichten an. Danach griff das Virus auf die Liliputaner über, die alle drei einen Don Juan in sich entdeckten. Sogar Loïc hörte auf, durch Annie hindurchzusehen; sein Blick machte an ihrer Haut halt und ging nicht weiter. Die Sorge, sie könnte seinen Augen eines Tages entschwinden, löste sich für immer auf an dem Tag, an dem sie sich zum ersten Mal liebten: Röte stieg auf in ihrem Gesicht.

Loïc suchte nach einer Erklärung. Lag es daran, wie Emilie sich bewegte, an ihrer unglaublichen Leichtigkeit in der Luft oder an ihrer Art, Léo am Kragen zu packen und ihm einen Kuß zu rauben – wodurch konnte man sich einen solchen Stimmungswechsel erklären? Wie sehr er auch grübelte, er fand keine Antwort. Und so zog er sich auf den einfachsten Standpunkt zurück: Sie war einmal abgestürzt.

Eine solche Belebung bekam der Truppe schlecht. Alle fingen sie an zu träumen, einer wollte eine Familie gründen, ein anderer ein Land entdecken, in dem es weder Kälte noch Schlamm gab; und so zerfiel die Gruppe allmählich von selbst, bald gab es mehr Abschiedsfeste als Vorstellungen. In Sankt Petersburg beschlossen Loïc und Annie, nach Lappland zu reisen und dort zu heiraten. Dort herrschte sogar tagsüber Nacht, und sie wünschten sich so sehr, eine nördliche Morgenröte zu erleben. Die Liliputaner, Odette, der Riese und die siamesischen Schwestern blieben in Rußland und bekamen ein Engagement. Léo und Emilie erbten einen der Wohnwagen und begleiteten Loïc und Annie ins tiefste Finnland. Dort, im Schneerausch, heirateten auch sie. Die nördliche Morgenröte stellte sich wie erwünscht ein, ging aber unter in den Alkoholschwaden eines dortigen Gesöffs.

Ohne die Truppe der Freaks gingen die Vorstellungen und damit das Geld zu Ende. Die Zeltreste und was sonst noch da war an Zubehör wurde eingetauscht für einen Pappenstiel, davon konnten sie gerade die Reise nach Lappland und die Rückkehr in den Süden bezahlen.

Sie entdeckten Marseille wieder, die Betonbarren, das Wasser im Hafen. Sie erzählten zwanzigmal ihre Geschichte und suchten all die Winkel und Orte auf, an denen sie sich ihre ersten Sporen verdient hatten; in die Bootshäuser am Handelshafen wagten sie sich jedoch nicht. Und bei alledem erkannten sie schließlich nur eins: daß das Fieber der Boheme sie einfach nicht losließ. Emilie ging in ihrem Zimmer im Kreis. Sie konnte ihren Eltern die allgegenwärtige Angst von den Augen ablesen. Léo hatte seine Angst unter einem Berg von Pirouetten und Akrobatenstücken so tief versteckt, daß Emilie sie fast nicht mehr spüren konnte.

Knapp zwei Monate nach ihrer Rückkehr sahen sie sich nach einer neuen Möglichkeit um, aufzubrechen. Sie arbeiteten für zwei Theater der Stadt; da Emilie aber nur tat, was ihr gefiel, verzichtete man bald auf ihre Dienste. Sie versuchten sich bei Hilfsorganisationen als Betreuer sozial benachteiligter Kinder, und man schimpfte sie gefährliche Spinner: So etwas müsse zum Teufel noch mal verboten werden, eine solche Blauäugigkeit grenze ja schon an Verantwortungslosigkeit. Und verschiedene Brotjobs, in denen sie sich auch versuchten, behielten sie schon gar nicht länger als zwei Wochen. Sie wollten Luft, nichts als Luft.

Da schneite passenderweise gerade Loïcs erster Brief ins Haus. Er war Vater einer kleinen Eva geworden, die genauso durchsichtig wie ihre Mutter war, und hatte sich kürzlich in Espoo, einem Vorort von Helsinki, niedergelassen; er arbeitete jetzt als Graphiker in einem Verlagshaus ... So war er kürzlich zufällig auf eine Anzeige gestoßen, die für Léo und Emilie von Interesse sein könnte. Eine dänische Truppe war auf der Suche nach erfahrenen Akrobaten, die »frischen Wind in die Manege« bringen sollten. Soviel er wußte, zog dieser Zirkus in einer Art kulturellem Underground seit zwei oder drei Jahren durch Skandinavien und konnte jährlich einen beträchtlichen Besucherzuwachs verbuchen. Dieser Zirkus hatte einen etwas seltsamen Namen: Zirkus Bumerang.

Der Direktor des Zirkus Bumerang war ein Norweger von über siebzig Jahren namens Per Sommerfeldt. Ein Mann mit unübertrefflichem Bart- und Haarwuchs und obendrein ein vollendeter Diktator, der nicht lange fackelte, weder mit Worten noch mit Taten. Nachdem er erst im vorgerückten Alter zum Zirkus gekommen war, als seine Muskeln und Gelenke keinerlei Verrenkungen mehr mitmachten, war er verbissen bis zur Besessenheit. Manchmal konnte ein alchimistisches Gemisch wilder Kreativität entstehen, wenn seine Raserei nicht gerade in Paranoia und Hysterie abglitt. Die Idee, das gar vergängliche Dasein der Eintagsfliegen in Szene zu setzen, war bei der Lektüre von *Ada* beziehungsweise aus der daraus folgenden geistigen Erschütterung entstanden. Er verhehlte das nicht und ging umher und erzählte es jedem: sein Verhältnis zur Zeit, zur Liebe, zu den Insekten hatte sich dadurch von Grund auf geändert. Und bisweilen traf man ihn dabei an, wie er lange Passagen aus dem Buch hersagte wie einen Psalm.

Um begreiflich zu machen, was er meinte, scheute er sich nicht, zuzuschlagen. Auch brüllte er auf norwegisch die erdenklich schlimmsten Beschimpfungen hervor. Die Skandinavier der Truppe, die ihn verstanden, nahmen von einer wörtlichen Übersetzung Abstand, was ihn noch mehr reizte.

Geschmeidigkeit, schrie er in vier oder fünf Sprachen, fließende Geschmeidigkeit will ich haben! Nichts Abgehacktes! Keine Brüche! Dies ist ein einmaliges Schauspiel. Alles andere, das ganze Zeug, das früher modern war, gehört auf den Mist. Ich habe euch nicht engagiert, damit ihr mit eingerostetem Gerippe daherruckelt und -zuckelt. Bewegt euch gefälligst, Himmelherrgottnochmal!

Diese Gangart vereinfachte die Dinge sehr. Entweder man verabschiedete sich zehn Minuten nach der ersten Probe, oder man erlag dem halluzinatorischen Zauber solch wilder Gewalt.

Léo und Emilie wurden auf ihren Ruf hin engagiert. Sie bezweifelten, daß Per Sommerfeldt von den Freaks gehört haben könnte, aber sie bekamen ihren Platz. Sie erlagen dem Zauber der ersten Probe. Sie erkannten, daß jene, die dazugehörten, an die äußersten Grenzen ihres Könnens geführt wurden.

Per übergoß Léo mit Beschimpfungen, tat alles, um ihn zu verletzen, wollte Wunden schlagen in seiner noch ungefestigten Seele. Léo hatte den einzigen Satz, der ihm Wunden schlagen konnte, aber bereits gehört, in einem Krankenwagen, der mit hundertsechzig Sachen durch die Straßen von Marseille gerast war. Er wußte, wenn Per sich beinah die Lungen aus dem Leib schrie, so deshalb, weil er an Emilie niemals herankäme. Wie alle anderen beugte auch er sich beglückt ihrem Willen.

Léo steckte das alles ein. Er gab sein Bestes, um den Tyrannen zufriedenzustellen. Emilie brachte jeden Versuch, sie anzuschnauzen, mit einem bloßen Blick zum Verstummen. Wenn sie sich in die Libelle verwandelte, die er zu sehen wünschte, blieb Per die Sprache weg. Wie auch allen Zuschauern, die befürchteten, sie würde gar nicht mehr auf die Erde zurückkommen.

Der Diktator ließ all seine Gewalt an den anderen aus, die ihn freilich durchschauten und ihre Rache bekamen, wenn sie genüßlich zusahen, wie er Emilie verfiel.

Etwa zu dieser Zeit beschloß Per, Europa zu erobern, Stadt für Stadt, Land für Land, in der Art der Ephemeriden, die schlüpften und nur einen Tag lebten. Als klassischer Zirkus getarnt, mit Zelt und allseits passenden Plakaten ausgestattet, wollte er die Zuschauer in Geiselhaft nehmen und sie in eine völlig andere Vorstellung von der Zeit stürzen. Was ihm in den zehn Jahren seiner phantastischen Reise auch gelang.

Er mußte rasch zu Ruhm kommen, um den Überraschungseffekt zu nutzen: irgendwo auftauchen, verschwinden, anderswo auftauchen. Per schaukelte alles. Bald woben sich Legenden um diesen Zirkus: Jeder hatte davon gehört, niemand wußte genau, worum es sich handelte. Eine einzige Vorstellung in Lissabon, eine in Prag, eine in Lyon …

Nie mehr als eine pro Land. Die wenigen Journalisten, denen es gelang, dabeizusein, waren ohnehin außerstande, halbwegs verständlich darüber zu berichten.

Ein Konzept wie dieses erforderte eine einwandfreie Logistik, und diese hatte ihren Preis. Alle waren bereit, um der Legende willen auf einen Gutteil ihrer Gage zu verzichten. So zogen sie wie arme Schlucker von Stadt zu Stadt, Gefangene ihres eigenen Spiels.

Zehn Jahre lang flogen Léo und Emilie unter der Kuppel gemeinsam durch die Lüfte, bis der Zirkus Bumerang sich in Bastia niedersetzte.

Ein einziges Mal hatten sie wirklich Streit. In Breslau, nach einer Vorstellung, während der sie sich ungelenkig und klamm gefühlt hatten. Niemand hatte etwas bemerkt, aber Emilie wußte, daß in Léos Kopf eine Frage steckte, die ihn in seinen Bewegungen hemmte. Sie erriet, welche Frage, und zürnte schon im vorhinein maßlos, sie ihm verzeihen zu müssen.

– Hast du mir etwas zu sagen, Léo?

– Warum fragst du das?

– Ich spüre es eben.

– Du spürst es?

– Ja, ich spüre es. In letzter Zeit fängst du mich nicht so sicher wie gewöhnlich.

– Ich habe keine besondere Frage an dich.

– Vielleicht traust du dich nicht, aber dein ganzer Körper will fragen, bis in die Finger, die Haare, die Nase …

– Ach ja.

– Ja, du bist ein einziges großes Fragezeichen hinter einer nicht gestellten Frage.

– Es ist sinnlos zu fragen, ich kenne die Antwort schon.

– Es ist keineswegs sinnlos, es ist sogar sehr wichtig. Also?

– Also … Ich glaube, ich hätte gerne ein Kind … mit dir.

Zwei Tage lang sprachen sie nicht miteinander. Sie wagten sich kaum anzusehen. Im Hotel schliefen sie in getrennten Betten. Als Per in Odessa feststellte, daß sie nicht aufzutreten gedachten – sie hatten sich diskret krank gemeldet –, bekam er einen Tobsuchtsanfall, daß die Wände zitterten. Er versuchte es mit Schuldgefühlen: Ohne sie würde die Vorstellung schlicht und einfach abgesagt, und die ganze Truppe hätte es auszubaden … Wohl oder übel mußten sie auch diesmal gemeinsam fliegen, und Emilie bemerkte, daß Léos Bewegungen wieder sicherer geworden waren. An diesem Abend liebten sie sich in einem der Parks von Odessa unter einer Linde. Sie lachten lange über ihre Dummheit. Léo aber hatte die Antwort noch lange nicht verdaut.

Sie mußte es ihm nicht erklären. Und sie hatte ja auch recht. Genausogut hätte man versuchen können, die Haare einer Toten in einer Schachtel aufzubewahren.

– Es kommt überhaupt nicht in Frage, Léo.

Als Emilie eine Stadt aussuchen durfte, entschied sie sich für Bastia. Per hatte dieses System eingeführt, bei dem jeder der Artisten sich einmal für eine Stadt aussprechen sollte. Das Abenteuer des Zirkus Bumerang ging seinem Ende zu.

Und dies war sein Abschiedsgeschenk an die Mitglieder der Truppe. Dreißig Städte würden sie noch besuchen, bevor sie ihr Zelt endgültig abbrächen, dreißig Städte sollten die Geschichte endgültig besiegeln. Ein Schlußstrich mußte gezogen werden. Das Spiel war zu Ende.

Bastia war die letzte Station, etwas früher als vorgesehen stand sie auf dem Programm.

Emilie entschied sich für Korsika, weil sie ihre Geburtsstadt nicht wählen durfte, so lautete die Regel. Sie erinnerte sich, wie sie beide oben auf ihrem Dach gestanden und sich ihre Abreise nach Afrika ausgemalt hatten, fest entschlossen, unterwegs der Insel der Schönheit einen Besuch abzustatten. Sämtliche Schiffe im Hafen waren für eine Befahrung des Mittelmeers gebaut, die an Korsika einfach vorbeiführen mußte. Léo hätte sicher dieselbe Wahl getroffen; des öfteren hatte er heimlich von Bastia geträumt, wie es sich an die Berge des Cap Corse schmiegte und nach Elba und Italien blickte.

Sie schifften sich in Neapel ein. Es war eine Reise voll kindlichen Staunens. Sie fuhren zum ersten Mal mit dem Schiff, und die Reling und die Brücken, auf denen nachts kein Mensch war, hielten allerlei Überraschungen bereit. Das Schiff war ein Supermarkt voll Balken, Trapezen, Turnringen. Und dann war da das Meer, abgrundtief, das den Rausch noch verstärkte, die jodhaltige Luft, die von weit unten aufstieg; der schwungvolle Flug der Möwen.

Die Luft über den Wellen, die Wellen über der Leere.

Die Vorstellung war zauberhaft. In der Gischt lag etwas Erregendes. Sie vergaßen alles. Den Ort, die Zeit, alles, was sie hierher geführt hatte. Sie flogen: Léo in Emilie, Emilie in Léo. Dann gingen die Lichter aus, der Applaus brandete auf, aber sie flogen immer noch. Sie flogen fort, sprangen über Mauern, kletterten über Fassaden, überwanden Hindernisse, höher und höher; und als sie müde wurden, betraten sie das erste Hotel, das der Zufall auf ihren Weg gestellt hatte, sie betraten es durch das Fenster. Emilie knöpfte Léo das Hemd auf. Sie blickte ihm geradewegs in die Augen, und er suchte ihre Schultern, ihren Hals, ihre zartesten Stellen. Sie küßte ihm Brust und Bauch und wagte sich dann tiefer hinunter, eine aufmerksame Abenteurerin. Er spürte ihre Brüste an seine Beine streifen, ihre weiche Zunge und dann ihre Hände, die sich an seine Schenkel klammerten. Er hielt ihren Kopf zwischen seinen Händen wie ein Wasser, das bereit war, zu verrinnen, ihn zu überschwemmen, zu ertränken. Sie wanderte wieder hinauf zu seinem Gesicht, ohne daß er um den Kuß betteln mußte, und bevor sie ihn küßte, leckte sie ihm die Augen. Er hob das kurze Sommerkleid, das ihn blendete vor Rot, um seine Lippen im schwarzen Vlies zu versenken. Sie stemmte sich ihm entgegen, preßte ihren Bauch so fest auf seinen Mund, daß er jedes Keuchen von ihr spürte. Sie war sehr heiß und sehr weich, an manchen Stellen noch glühend, an anderen schon zerflossen. Sie legte sich auf ihn, damit der Abstand zwischen ihren Mündern sich verringerte, damit ihr Lächeln erreichbar war. Sie flogen noch immer. Als sie dann aber lächelte, als das violette Strahlen in ihren Augen aufleuchtete, da wußte Léo, daß er sie verlor.

Freitag, zehn Uhr dreißig, Bastia

Er hat nur ihren Geruch mitgenommen und ihre Sandaletten. Die Wellen, die auf den Sand branden, erzeugen einen abscheulichen Lärm. Er hat Emilie dort im Hotelzimmer zurückgelassen, unter dem Bett. Nicht Emilie, nicht wirklich Emilie, aber doch immer noch Emilie. Ihren Körper, der heiß ist von ihm und von ihr.

Er sieht nur ein Bild, das er vergessen muß: ihren Hals mit den roten Flecken von seinen Küssen.

Er beginnt zu vergessen.

Sie wird weggehen, sie ist schon fort. Sie hat noch etwas Zeit vor sich, aber so wenig. Sie wird sie nützen, versteht sich. Emilibelle.

Er wirft die Sandaletten ins Meer. Erst die eine, dann die andere.

Sie hat noch etwas Zeit vor sich. So wenig.

Er hat auch noch Zeit vor sich. Viel Zeit.

25. Oktober 2000, Kampala

Spießrutenlauf der Angst

Marie und Pierrot, ein sympathisches Paar wie viele. Sie leben in Paris, sie freuen sich auf ihr erstes Kind. Und als es soweit ist, kommt Pierrot mit in die Klinik, er will alles erleben ... Stunden später ist er in einen Abgrund von Zweifeln gestürzt. Denn Alice ist nicht wie andere Kinder; ihre Haut schimmert blau – eine seltene Krankheit. Marie ist befremdet, ja abgestoßen.
So beginnt die bewegende Geschichte einer kleinen Außenseiterin, einer physischen Anomalie, deren bloßes Vorhandensein diese kleine bürgerliche Welt, so scheint es, tief verunsichert. Die junge Ehe gerät ins Kippen, später bekommen die Medien Wind von der Sache, die Eltern trauen sich mit dem Kind kaum noch auf die Straße. Als eine Berg- und Talfahrt der Gefühle, ein Spießrutenlaufen der Ängste erscheint das Leben Alices, die doch alle Liebe braucht.
Erst irritiert, dann zusehends fasziniert verfolgt man die überraschenden Wendungen dieser monströsen und auch alltäglichen Entwicklung.

Nicolas Michel:

Die Blaue

Roman

Aus dem Französischen von Gaby Wurster

206 Seiten, gebunden mit Schutzumschlag

ISBN 3-608-93616-5

Klett-Cotta
www.klett-cotta.de